KB128554

오늘부로
퇴사하겠습니다

오늘부로 퇴사하겠습니다

퇴사하는 순간은 내가 정해

초 판 1쇄 2024년 04월 23일

지은이 최익준
펴낸이 류종렬

펴낸곳 미다스북스
본부장 임종익
편집장 이다경
책임진행 김가영, 윤가희, 이예나, 안채원, 김요섭, 임인영

등록 2001년 3월 21일 제2001-000040호
주소 서울시 마포구 양화로 133 서교타워 711호
전화 02) 322-7802~3
팩스 02) 6007-1845
블로그 http://blog.naver.com/midasbooks
전자주소 midasbooks@hanmail.net
페이스북 https://www.facebook.com/midasbooks425
인스타그램 https://www.instagram/midasbooks

© 최익준, 미다스북스 2024, *Printed in Korea*.

ISBN 979-11-6910-601-6 03810

값 **16,800원**

※ 파본은 본사나 구입하신 서점에서 교환해드립니다.
※ 이 책에 실린 모든 콘텐츠는 미다스북스가 저작권자와의 계약에 따라 발행한 것이므로
   인용하시거나 참고하실 경우 반드시 본사의 허락을 받으셔야 합니다.

미다스북스는 다음세대에게 필요한 지혜와 교양을 생각합니다.

오늘부로
퇴사하겠습니다

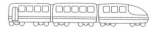

퇴사하는 순간은 내가 정해 -------- **최익준** 지음 -----------

CONTENT

CONTENT

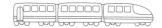

머리말

　삶을 돌이켜보면 내가 선택했다고 믿었던 것들 대부분이 사실은 상황에 의해 강제된 선택이었다. 마치 거대한 파도에 휩쓸려 다음 파도를 기다리는 느낌이었다.

　주어진 상황에 따라 흘러가는 삶은 예측하기 힘들었다. 생각해본 적 없는 일을 했으며, 상상할 수 없는 부당한 대우를 당하기도 했다. 남들은 잘만 다니는 회사를 나만 유별나게 힘들어하는 것 같아 자기혐오에 빠지기도 했다.

　나침반 없이 바다를 항해하던 나에게 필요했던 것은 '나만의 기준'을 세우는 용기였다. 이 깨달음은 인생의 전환점이었다. 기준을 타인에서 자신으로 바꾸면서 삶의 태도가 근본적으로 변하게 되었다. '주체적인 삶'을 살게 된 것이다.

　이 글은 내가 얻은 깨달음의 과정을 그려내고 있다. 대부분의 에피소드에는 숨기고 싶은 나의 실패와 좌절의 순간들을 최대한 적나라하게 드러내려고 노력했다. 꾸미고 미화하고 싶었던 충동을 참으면서도 진솔하고 솔직하게 표현하려고 한 이유는 실패와 좌절 모두 우리 삶의 일부라는 사실을 말하고 싶었기 때문이다.

좋은 순간, 멋있는 모습만 기억하고 싶겠지만 가장 뼈아팠던 실패의 순간을 돌아보지 않으면 발전할 수 없다. 패배의 순간도 자기 삶으로 인정하고 끌어안았을 때 비로소 주체적인 삶을 사는 첫걸음을 내디딜 수 있었다.

실패에 낙담하고 있는 독자들이 있다면 말하고 싶다. 우리는 더 강해질 것이고 이 경험을 계기로 진정으로 원하는 삶을 살아가는 힘을 얻을 수 있을 것이다.

본문을 통해 이 사람은 많은 기회 속에 방황하고, 잘못된 선택을 하고 좌절했지만 결국 실패를 딛고 일어선 용기를 봐주기를 바란다.

이 글이 독자 여러분들에게 자그마한 용기를 줄 수 있길 진심으로 바란다.

머리말

PART 1 괜찮아,
처음엔 다 그래

PART 2
현실아,
그런 사랑도 있더라

①

쫓기듯이 결정하다

섣불렀던 나의 첫 취업

어느 날, 대학 동기들과의 술자리에서 대기업에 취업한 친구가 나타났다. 그는 기름 냄새가 빠지지 않은 정장과 번쩍이는 유광 구두를 신고 있었다. 그 모습을 보니, 내가 입고 있는 옷이 한층 더 초라해 보여 부끄러웠다. 마음 한구석에는 질투와 시기가 솟아올랐다.

술자리가 끝나고, 내 방 침대에 누웠다. 술기운과 잠기운 사이에서 몽롱함을 느꼈다. 겨우 손가락을 이불 밖으로 내밀어 친구들의 SNS를 확인했다. 그들의 사진들을 보니, 모두가 잘살고 있는 것 같았다. 나만 빼고.

그렇게 나의 20대는 스스로 만들어낸 조바심과 열등감에

쫓기며 지나갔다. 그 결과, 첫 취업을 앞두고 섣부른 결정을 내리고 말았다.

2017년 1월, 전역이 6개월도 남지 않은 시점이었다. ROTC로 임관한 나는 간부들을 대상으로 하는 취업 박람회에 참석할 기회를 얻었다. 200~300평 규모의 박람회장은 군복을 입은 장병들로 북적였다. 나는 여러 부스를 돌아다니며 기업들의 취업 조건을 확인했다.

회사 대부분은 서류 접수를 위해 TOEIC이나 TOEFL 등 영어 점수를 요구했다. 점수는 1년 이내의 것을 기준으로 했기 때문에, 군 복무 중에도 영어 시험을 치러야 했다. 나는 일을 하면서 영어 시험을 준비할 생각을 하지 못했다. 그러나 박람회에 참석한 대부분은 영어 점수를 가지고 있었다. 모르는 사이 다들 열심히 준비하고 있었다. 전역 후 취업할 준비도 하지 않고 취업을 바랐던 내 생각은 안일했다.

그런데도 한 번의 기회는 더 있었다. 군 간부 공채라는 특수성을 적용해서 아직 영어 점수를 취득하지 못한 사람은 3월까지 추가 기한을 주겠다는 것이다. 나는 속으로 '2개월 동안 꼭 영어 점수를 얻겠다'라고 다짐했다. 2개월이면 충분한 시간이었다. 집으로 돌아오자마자 온라인 영어강의를 신청했다. 책이 배송되는 시간을 줄이려고 서점에서 직접 교재들을 구매했다. 그리고 매일 공부할 분량을 철저히 나누고 계획했다. 이제 행동으로 실천만 하면 됐다. 하지만 공부하고 담을 쌓은 습관으로 퇴근 후에는 관성처럼 드라마나 예능을 보느라 밤잠을 설쳤고, 주말이 되면 놀러 다니느라 바빴다. 그 결과, 2월 말이 되어서야 겨우 영어 시험에 응시할 수 있었다.

시험 결과는 당연하게도 기준치에 못 미치는 점수를 받게 되었다. 그렇게 서류 접수를 위한 최소요건도 못 넘기게 되면서 허무하게 상반기 채용의 기회를 날려버려야 했다.

5월이 되자 취업을 철저히 준비했던 동기들은 하나둘씩 입사할 회사들을 확정 지었다. 그 모습을 보자 마음이 급해졌다. 한 달 뒤인 6월이면 장교로서의 직업도, 통장에 들어오는 약 200만 원 정도 되는 월급도 끝이 난다. 이대로라면 백수가 된 채로 고향으로 내려가야 했다.

남들 다 하는 취업에 실패하고 마치 쫓겨나듯 고향으로 내려가는 것은 상상하기 싫었다. 그때 마침 영어 점수를 요구하지 않는 회사의 채용공고가 올라왔다. 이름도 적당히 있는 회사였기에 나는 더 생각할 것도 없이 채용을 확정 지었다. 그렇게 가전제품을 판매하는 회사에 영업·관리직으로 입사하게 되었다.

얄미운 사람

전역 직후 합격자들은 바로 연수원으로 소집되었다. 전역하고 바로 이틀 뒤인 월요일이었다. 연수원에서는 영업에 필요한 세일즈 방법, 가전제품 규격, 기능 그 외에도 할인 카드 발급, 전산 시스템에 대한 교육을 4주간 받았다. 교육 과정을 수료한 이후에는 곧바로 매장에 배치되었다.

연수원 교관들은 마지막 날 매장 적응을 위해 필요한 한 가지 방법을 전수했다. "매니저들의 신경이 예민할 테니, 눈치껏 일하라."라는 것이었다.

6월과 7월은 여름철 에어컨 판매의 극성수기였다. 아니나 다를까 발령받은 매장 문을 열고 들어가자, 직원들이 분주하게 움직이고 있었다. 대부분 에어컨 전시대에서 고객을 응대하고 있었고, 상담이 끝난 매니저들은 곧바로 다음 대기 손님에게 달려가고 있었다.

　한눈에 봐도 바쁜 상황이었다. 안내를 기다리면서 매장을 둘러봤다. 통 창에서는 햇빛이 쏟아지고 있었고 빛을 받은 전자 기기들은 한껏 뜨거워진 채로 각자의 성능을 뽐내는 것처럼 보였다. 그 풍경은 손님으로 왔을 때 바라보던 때와 다르게 느껴졌다.

　'여기가 내 직장이구나.'

　마음을 다잡고 있을 때, 직원 한 명이 다가왔다. 우람한 체구에 얼굴에는 울긋불긋한 열꽃이 피어 있었고, 그의 손에는 태블릿 PC가 들려 있었는데 큰 체구 탓에 유독 작아 보였다.

　"신입사원. 익준 씨 맞으시죠?"

　그의 눈이 나를 가늠하듯 위아래로 움직였다.

　"오늘부터 여기서 일하게 된 신입사원입니다."

"따라오세요."

셔츠에 달린 명찰에는 '선호영'이라는 이름이 보였다. 호영은 나를 매장 입구로 데려갔다. 그는 나를 매장 입구에 세워두고, 바닥에 붙은 스티커를 가리켰다. 그곳에는 친절하게 발자국 모양의 그림이 그려져 있었고, 밑에는 '점두 대기'라는 글자가 적혀 있었다.

"여기 서서 들어오는 사람들을 안내해주시면 됩니다. 어렵지 않죠?"

그렇게 말한 호영은 시야 밖으로 사라져버렸다. 매장 입구에서 손님을 맞이하는 일을 '점두 대기'라고 했다. 매장 업무 지침에는 고객에게 좋은 인상을 남기기 위해 영업사원이 항상 매장 입구에 위치해야 한다고 명시되어 있었다. 이때는 주머니에 손을 넣거나, 짝다리를 짚거나 테이블에 기대면 안된다. 휴대전화, 딴짓도 금지였다. 오직 문을 열고 들어올 고객에게 집중해야 했다.

같이 서 있는 사람이라도 있으면 몰래 수다라도 떨며 시간을 보낼 수 있었겠지만 점두 대기는 신입사원의 몫이었다.

오후 2시에 시작한 점두 대기는 매장 마감 때까지 이어졌다. 딱딱한 구두를 신고 있던 탓에 발꿈치는 아프다 못해 아렸다. 조금 과장해서 발꿈치뼈가 살을 뚫고 나올 것만 같은 느낌이었다.

퇴근 시간이 되자, 일이 끝났다는 해방감보다는 다시 반복될 내일이 막막했다.

집에 돌아와 하루를 돌이켜보았다. 다리가 끊어질 듯 아팠지만, 정작 나를 괴롭혔던 건 따로 있었다. 언제 올지 모르는 손님을 기다리며 매장 앞에 홀로 서 있는 시간은 외로웠다. 입구에서 한참 떨어진 곳에서 자기들끼리 테이블에 등을 기대거나 의자에 앉아 수다를 떨며, 내가 크게 "사랑합니다, 고객님!"하고 외치면 그제야 달려 나오던 그들의 차가운 무관심이 아팠다.

그들의 모습이 꼭 고등학교 때 교탁 앞에서 컴퓨터 게임하던 얄미운 친구들 같았다. 녀석들은 항상 만만해 보이는 친구들에게 선생님이 오는 걸 감시하게 했다. 흔히 '망을 본다'라고 표현했는데, 이 역할을 맡게 된 친구들은 쉬는 시간

내내 교실 문지방에 서 있어야 했다. 나는 27살에 '망보는' 신세가 되어버렸다.

첫날 점두대기 이후 호영에게 하루에 하나씩 일을 넘겨받았다. 먼지 닦기, 청소도구 정리, 커피 재고 채우기 같은 일이었다. 한 달쯤 지났을 때 나는 이제 남들보다 30분 일찍 하루를 시작해야 했다.

일찍 출근해서 매장 문을 열고 제품들의 전원을 켜놓는다. 손걸레를 챙겨 제품에 묻은 지문과 먼지를 제거하고 있으면 직원들이 하나둘 출근하기 시작한다.

11시면 발주한 재고가 입고된다. 선배의 몫까지 장갑을 챙겨서 제품 받을 준비를 한다. 운이 좋을 때는 소형 제품뿐이지만, 운이 나쁠 때는 세탁기나 냉장고가 들어오기도 한다. 오전부터 100kg이 넘는 제품을 옮기다 보면 어느새 유니폼은 먼지와 땀 범벅이다. 이렇게 오전 업무가 끝나면 입구에서 손님맞이를 시작한다.

요즘에는 입구에서 대기하면서 작은 소형 제품을 팔아보기도 한다. 그런데 그 사실을 어떻게 알았는지 호영 매니저가 달려와 말했다.

"익준 매니저, 저 이번 달 매출 중요한 거 알죠? 제 이름으로 찍어주세요."

1년 형이 제일 무섭다고 했던가. 지금 돌이켜 생각해도 한 살 많은 호영은 참 얄미웠다.

연수원에서 처음 유니폼을 받고 입었다.
새 옷 특유의 빳빳한 깃과 차가운 면 느낌은 사진을 보고 있으면
아직도 생각나는 것 같다.

지점장

내가 매장에 처음 발령받은 날, 지점장은 근속연수 30주년으로 장기 휴가를 떠난 상태였다. 그 탓에 나는 한 달이 지나서야 처음으로 지점장을 만나게 되었다. 김철성 지점장의 첫인상은 강렬했다. 휴양지에서 태양에 그을린 듯한 그의 피부와 170cm 언저리의 키에 날렵한 몸매, 4:6으로 가른 머리, 얼굴에 깊게 새겨진 주름으로 그의 나이를 짐작하게 했다. 쌍꺼풀이 짙은 눈은 아이라이너를 그린 것처럼 선명했다. 전반적으로는 미남상이었으나 자주 인상을 찌푸린 탓에 생긴 미간 주름은 그의 인상을 험악하게 만들었다.

그는 처음 마주친 날 긴장하고 있던 나를 보고 딱 한 마디 했다. "곧 그만둘 것처럼 생겼네." 진한 경상도 사투리가 섞인 억양이었다.

처음에는 장난을 치는 줄 알고 기분 나쁜 기색을 애써 감췄다. 하지만 그는 매일 아침 출근할 때마다 물었다. "그만둘 거지?" 청소하고 있을 때, 조금이라도 인상을 찌푸릴 때면 불쑥 나타나 말했다. "못하겠지? 힘들지? 그만둘 거라고 말할 거지?", "한 달 뒤에 그만둘 거라고 찾아올 거잖아. 그렇지. 장교 출신은 이런 일 잘 못 해."

그의 집요한 물음에 나중엔 자다가도 지점장의 얼굴이 떠올랐다. 그는 장난이 아니었다. 진짜 그만둘 것 같으니 나가려면 빨리 퇴사하라는 종용이었다. 그의 압박은 청소 시간에도 이어졌다. 지점장은 청소시간만 되면 내 뒤를 따라다니며 청결 상태를 점검했다. "익준! 여기 청소한 거 맞나?", "네, 방금 했습니다.", "잠깐 여기로 와봐." 하얀 면장갑을 낀 그의 손가락이 선반을 훑었다. 손가락이 까맣게 더러워졌다. "이게 한 거야?"

트집 잡히는 게 싫어서 오후가 되도록 청소한 적이 있었다. 그랬더니 오히려 철성 지점장은 호통을 쳤다. "장사 안할 거야? 뭐가 중요한지를 모르네!"

상담할 때도 내 옆까지 따라와 무슨 말을 하는지, 어떻게 안내하는지 감시했다. "여기 고기 굽는 기계 같은 게 있나요?", "공부하는데 쓰는 스탠드 있나요?", "사진 인화할 때

쓰는 용지 있나요… 그 포?" 당연히 없을 줄 알았다. "아, 여기는 그런 건 없습니다. 죄송합니다."

고객을 돌려보내고 뒤돌았을 때, 그의 표정은 무시무시하게 일그러져 있었다. "따라와." 뒷짐을 지고 앞장서더니, 내가 없다고 했던 제품들을 하나하나 찾아냈다. 숨겨진 상품을 찾아내고 손가락으로 가리켰다. "고기 굽는 기계." 2층 중앙 매대, 밥솥 사이에 묻혀 있었다. "스탠드." 색이 변해서 흰색인지 베이지색인지 알 수 없는 모양이었지만 확실히 있었다. 그리고 1층으로 내려가서 수납장 하나를 열었다. "포포 인화지." 그의 행동은 말 없는 시위 같았다. 그래서 더 변명할 게 없었다. "죄송합니다.", "먼저 물어보고 안내해. 오늘 네가 날린 매출이 얼마야!"

한 달 동안 호영 매니저에게 시달리며 막연하게라도 지점장이 돌아오면 달라질 날을 기대했다. 하지만 막상 그 뚜껑을 열어보니 호영 매니저는 선녀였다. 철성 지점장의 눈 밖에 나면 그의 잔소리와 참견은 선임 매니저들도 치를 떨 정도였다. 철성 지점장을 겪으며 앞으로 나의 회사 생활이 더 나아질 거라는 희망이 사라졌고, 나는 당장 퇴사하고 싶은 심정이었다.

업무강도

가전 회사는 업계에서 보수적인 것으로 유명했다. 복장 규정부터 회사 문화까지 옛날 잔재가 많았다. 예를 들면 복장은 반드시 유니폼 또는 정장을 입어야 하며, 신발은 구두를 신어야 했다. 단화까지는 허용되지만, 운동화 착용은 금지다.

아침에는 모든 직원이 빗자루를 들고 매장 주변을 청소하며 동네 주민들에게 인사하는 시간을 가졌다. 창업 이후 지금까지 이어온 문화였다. 그 외에도 신입은 입사 후 3개월간 매장의 잡무를 전담해야 했다. 선배들에게 노동력을 제공하며, 하나씩 배워나가야 하는 '도제 시스템'이었다. 이때는 영업의 기회도 제한한다.

상담할 수 있는 품목은 마우스, USB 같은 소형 전자 기기였다. 대형 가전을 보러 온 고객에게는 말도 못 걸게 했다.

혼자 구경하는 사람에게 말이라고 걸려고 하면 제재가 들어왔다. "제가 응대할게요. 익준 씨는 청소 계속해주세요.", "익준 씨는 아직 상담할 때가 아니에요. 입구에서 안내만 해주세요."

신입사원들에게 상담을 허락하지 않는 이유가 있었다. 첫 번째, 대형 가전 상담은 성공 여부에 따라 매장 매출 목표에 영향을 줄 정도로 중요하다. 두 번째, 판매 후에는 배송부터 설치까지 관리해야 했다. 배송은 수시로 일어나는 생산 이슈로 자주 지연돼서 시스템을 정확히 모르면 배송 일자를 안내하기도 힘들었다. 또한, 설치 과정에서 발생하는 변수들(고객의 인수 거부, 설치 기사의 설치 연기 및 설치 거부 등)은 제품, 설치 규격, 사용법들을 숙지하고 있지 않으면 대처하기 힘들었다. 이처럼 고객 클레임 없는 '완전 판매'를 위해 요구하는 지식이 많아서 신입에게 상담을 제한하는 것이다. 따지자면 매장과 영업자 본인 둘 다 보호하기 위한 개념이다.

신입사원에게 3개월은 길고 지루한 시간이라서 대부분 이 기간에 그만둔다.

또한, 회사의 휴일 정책은 직원들에게 많은 부담을 안겼다. 특별한 날이 없다면 한 달에 6~7번 쉬었는데 반드시 휴무 하루는 반납해야 했다.

쉬는 날은 암묵적으로 정해져 있다. 주말은 영업 피크시간이라 평일로 배정하는데 특히, 신입은 재고가 들어오는 월요일, 주말 판매를 준비하는 금요일에는 꼭 출근해야 했다.

힘들게 맞이한 휴일도 제대로 쉬는 경우는 드물었다. 대부분 문의 전화가 평일에 몰리기 때문이다. 고객의 입장에서는 평일 근무 시간에 한 번의 전화지만 그게 하나둘씩 쌓여서 받는 사람은 열 통, 스무 통의 전화가 됐다. 그래서 쉬는 날 걸려 온 전화만 처리해도 하루가 끝나는 경우가 많았다.

매장 밖에서 볼 때는 여름에 시원하고, 겨울에 따뜻한 매장에서 상담만 하는 직업이라고 생각하겠지만 매일 가전제품을 나르는 육체노동, 휴일 없이 고객을 상대하는 정신적 노동에 시달리는 직업인 셈이다.

시간이 지나면서 대부분 업무에 적응했지만 가장 하기 싫고 적응 안 되던 업무가 있었다. 가망 고객을 등록하는 일이었다.

가망 고객은 매장에 처음 찾아온 고객을 판매 성공까지 추적하기 위해 만들었다. 하지만 본사에서 매달 등록해야 하는 목표 숫자를 설정하는 바람에 최초 목적이 변질됐다.

지점장들은 목표치를 달성하기 위해 방문하지 않은 사람들의 정보까지 입력했고 이제는 신입사원이나 인턴이 오면 지인 데이터를 등록하는 게 통과의례처럼 되어버린 것이다.

"오늘 익준 매니저는 고객 등록 열두 건 다 할 때까지 일어나지 마세요."

처음 보는 사람에게 깍듯이 고개 숙여 인사할 때도, 예의를 지키지 않는 고객에게 비굴하게 웃어 보일 때도 괜찮았다. 하지만 지인에게 전화를 걸어 도움을 요청하는 일은 달랐다.

도저히 손가락이 떨어지지 않았다. 그 상황이 되어서야 깨달았다. 나는 체면이 중요한 사람이었다. 자존심을 내려놓고 친구들에게 사정할 바에야 손해를 감수하는 게 편한 사람이었다. 내가 원한 건 그들의 기억 속에서 ROTC 제복을 입고 당당하게 걷던 모습으로 기억되는 것이었다. 뒤늦게 깨달았지만 늦었다. 이곳은 영업 조직이고, 주어진 목표는 반드시 해야 하는 집단이었다.

억지로 12번의 전화를 걸었다. 한 시간도 걸리지 않았음에도, 내 자존심은 깊은 상처를 입었다. 그날 밤 나는 전화를 걸었던 친구들에게 어떤 사람으로 비칠까 걱정돼서 밤잠을 설쳤다.

가장 하기 싫었던 경험이었지만 이 일은 한편으로 얼마나 경솔하고 성급하게 취업을 결정했는지 반증하는 사례이기도 했다.

영업사원은 하고 싶은 전화만 할 수 없다. 상대방의 불편함을 기꺼이 감수할 줄 알아야 하는 직업이었다. 그런 기본적인 마음가짐도 가지지 않은 상태였다. 마음의 준비가 안되어 있으니 모든 일이 힘들게 느껴졌었다. 직원들의 텃세를 견디면서 무엇을 배울지 몰라 괴로웠고, 조직문화를 살피며, 회사를 이해하려는 애정이 없어 고통스러웠다. 모든 것이 나를 괴롭히는 것 같았다. 몸과 마음이 준비되지 않은 상태에서는 모든 환경이 힘들게 느껴진다. 결국, 성급하게 결정한 취업이 모든 문제의 원인이었다.

잘못은 없어

어느 날 고속도로 요금소에서 차 한 대가 후진하는 영상을 봤다. 하이패스 차로로 잘못 들어간 모양이었다. 그는 뒤차가 수십 km로 달리며 따라오고 있다는 걸 잊은 것처럼 위험한 선택을 했다. 영상은 뒤따라오는 차량과 끔찍한 추돌사고가 나면서 끝난다.

이 영상을 보면서 운전자의 미숙함보다는 어떠한 실수라도 즉시 바로잡으려는 한국 사람들의 성향에 대해 생각하게 되었다. 이 사례는 위험을 무릅쓰고라도 바로잡으려는 태도가 때로는 더 큰 위험을 초래할 수 있다는 것을 보여준다.

요금소를 잘못 지나가면 어떤 문제가 생길까? 그저 미납된 요금은 고지서로 날아오는 게 전부다. 그러니까 고속도로 톨게이트를 잘못 들어갔을 때 제대로 된 대처 방법은, 그냥 지나가는 것이다. 요금소를 잘못 지나친다 해도 큰 문제가 되지 않는다는 것을 알고 있다면, 그냥 지나치는 것이 오히려 올바른 대처 방법이 될 수 있다.

비슷한 맥락에서, 영업직을 선택하고 가전 매장에서 일을 배우면서 잘못된 길에 들어왔다고 생각한 순간들이 있었다. 하지만 시간이 흐르면서, 실수로 들어온 길에서 삶에 중요한 경험을 얻을 수 있다는 것을 깨달았다.

매장의 텃세는 가을의 초입 무렵 한풀 꺾였다. 매니저들이 하나둘씩 찾아와 말을 걸기도 했고, 점두 대기 시간에도 곁을 지켜주는 동료가 생겼다.

"식사해야죠. 익준 씨. 같이 가시죠."

매장 문을 열고 밖을 나가니, 제법 선선해진 바람이 불었다. 생각해보니 에어컨이 꺼지지 않는 매장에서만 지냈던 이번 여름은 더운 줄도 모르고 지나갔다.

"여기 앞에 추어탕 먹어 봤어요?"

나중에 알게 된 사실이 있다. 이 회사에서는 신규 입사자 중 60% 이상이 3개월 이내에 퇴사한다. 그래서 3개월 동안

은 섣불리 정을 붙이지 않는다고 한다. 그렇게 3개월이 지나고 당장 그만둘 사람은 아니라는 생각이 들었는지 직원들이 하나둘씩 마음에 문을 열고 다가오기 시작한 것이다.

제일 무서웠던 맞선임 호영 매니저는 사실 매장의 분위기 메이커였다. 과장된 몸짓과 표정을 섞어 말하는 그의 입담은 무뚝뚝한 지점장도 웃게 했다. 퇴근하고 나면 주차장에 모여 호영 매니저의 이야기를 5분, 10분 들으며 웃다가 퇴근하는 게 하루의 낙이었다.

속을 알 수 없는 표정의 팀장님은 음악과 여행을 사랑하는 사람이었다. 매일 아침 차 안에서 10분 동안 퇴사할지 말지 고민하다가 출근한다는 그는 잔잔한 유머 코드가 있는 사람이었다.

철성 지점장만큼은 한결같았다. 그는 본사에서 꽤 중요한 자리에 있던 사람이었는데 모종의 이유로 현장에 내려오게 되었다. 이유는 알 수 없지만, 항상 화가 나 있는 표정이었다. 매장 매출이 잘 나올 때 드물게 웃는 모습을 볼 수 있었다.

사람이 좋아지면서 함께하는 직장도 다르게 느껴졌다. 차

갑고 무거운 전자기기에 갇혀 있는 기분이었는데, 이제는 그 장소가 친근하게 느껴졌다.

선배들은 하나둘씩 영업 비결을 가르쳐 주었고 작은 제품부터 영업할 기회가 생겼다.

"밥솥 보러 온 고객입니다. 익준 매니저님. 상담 도와주세요."

그렇게 입구 지킴이에서 벗어나 밥솥, 청소기 그다음에는 태블릿 PC, 노트북으로 조금씩 판매 품목을 늘려나갔다. 매출도 자연스레 올랐고, 매장에서 어엿한 한 사람의 몫을 하게 되었다. 정규직 전환을 앞뒀을 때는 매출이 중요하다며 자신들의 매출을 기꺼이 몰아주던 장면은 6년이 흐른 지금에도 내 삶을 지탱해주는 아름다운 기억들이다. 아마 다른 회사에 들어가거나, 일찍 퇴사했다면 경험하지 못했을 것이다.

잘못된 선택이라고 생각했던 결정도 시간이 지나고 보면 그 자체로 새로운 경험과 배움이었다. 그러므로 긴 인생을 놓고 보면 진정한 의미에서 잘못된 결정이란 없는 게 아닐까?

의욕만 앞서 일을 망치다

매장에서 살아남기에 급급했던 시기가 지나자 마음의 여유가 생겼다. 문득 같이 교육받았던 동기들의 얼굴이 떠올랐다. 그들은 어떻게 지내고 있을지 궁금해졌다. 나처럼 힘들었을까? 잘 적응은 했을까?

연수 기간 친하게 지냈던 동기에게 전화를 걸었다. 오랜만에 통화라 어색하진 않을까 걱정했다. 막상 대화를 시작하자 일에 관련된 공통 주제로 금방 공감대를 형성했고 자연스레 대화를 이어갈 수 있었다.

친구 덕분에 여러 동기의 소식을 들을 수 있었다. 대부분의 동기는 비슷한 텃새를 경험했고, 몇 명은 그사이 퇴사하기도 했다.

한편 적응이 빨라서 영업을 일찍 시작했던 동기도 있었다.

"수원 장안구 정자점에 박 모 씨, 익준 매니저 동기 아니에요? 이번 달 시상금만 백만 원이라넌데?"

판매를 잘한다는 동기의 소문은 우리 매장에서도 들릴 정도로 유명했다. 나는 이제 막 IT 기기 판매를 시작해 기뻐하고 있는데, 그는 이미 대형 가전을 판매하며 성과급까지 벌고 있었다. 교육 기간에 제품 규격 암기나 발표에서 나는 박 모 씨보다 더 우수했었다고 자부했다. 그런 생각이 들자 부러움보다는 욕심이 앞섰다. 마음 한구석에서는 나도 분명 할 수 있다는 근거 없는 자신감과 의욕이 생겼다. 의욕이 실력보다 앞섰던 순간이었다.

주문 실수

대형 가전을 팔고 싶은 욕심에 몰래 상담을 시도했다. 상담하는 모습을 들키면 혼날 게 분명했으므로 조심해야 했다. 평일에는 손님이 적어 영업하는 모습을 들킬 위험이 컸지만, 주말에는 손님이 많은 탓에 감시가 허술해질 때가 많았다.

그래서 주말을 노려 몇 번의 상담을 시도했다.

"익준 매니저. 거기서 뭐 하나. 나와."

몇 번은 철성 지점장의 귀신같은 눈썰미에 걸려서 실패했다.

"학생 같은데 그냥 팀장님 불러주시면 안 돼요?"

"이분 신입이신 것 같아. 잘 모르시네."

어떤 고객들은 어려 보인다는 이유, 또 다른 고객은 설명이 서투르다는 이유로 상담을 거부했다. 그렇게 어렵게 얻은 몇 번의 기회를 허무하게 날려버렸다. 오기가 생겼다. 대체 선배들과 어떤 차이가 있어서 나는 실패하고 저 사람들은 성공하는 걸까.

그 후로는 선배들의 상담 방식에 관심을 두기 시작했다. 청소하는 척, 길을 지나가는 척 선배들의 상담을 몰래 엿들었다. 관심 있게 듣다 보면 같은 설명이지만 매니저들마다 각자의 특징이 있었다.

팀장님의 상담은 전문적이다. 그는 고객 관점에서 필요한 정보를 정확하게 제공한다. 그는 고객의 가옥 구조, 가족 구성원, 생활 습관까지 확인했고, 그에 맞는 제품을 추천해줬는데 경험과 지식이 뒷받침되지 않으면 따라 하기 힘든 방식이었다.

호영 매니저의 특징은 친근함이다. 그의 상담법은 호불호가 강했다. 장난기 있는 말과 과장된 행동으로 고객의 이목을 집중시키고 분위기 자체를 화기애애하게 만들었다. 하지만 성격이 신중하고 진지한 고객들은 그의 상담 방식을 싫어했다. 매니저들의 상담 스타일을 들으며 그중에서도 내게 맞는 방법을 찾아 연습했다.

토요일 저녁 유독 손님들로 북적이는 밤. 기회가 찾아왔다. 유리문을 열고 흰 머리를 멋들어지게 넘긴 중년의 신사 부부가 들어왔다. 나는 재빨리 인사를 건넨 후 주변을 살폈다. 지점장부터 매니저들까지 상담으로 바빠 보였다. 절호의 기회였다.

나는 기쁜 마음을 억누르며 고객의 뒤를 따랐다.

평소와는 다른 긴장감이 느껴졌다. 손에는 땀이 찼고 촉각이 곤두서는 기분이었다. 남자의 눈동자는 냉혹한 심사위원

처럼 느껴졌다.

연습한 대로만 하자는 생각으로 첫 마디를 꺼냈는데, 그 뒤로는 기억이 없다. 정신을 차려보니 무슨 말을 하는지도 모르는 채 상담을 이어가고 있었다.

어느새 셔츠는 땀으로 축축했다.

'내 상담이 통했나?', '카드를 꺼내려나?'

상담 중간에 고객의 표정을 읽어보려 했지만 어떤 것도 알 수 없었다. 제품에 대한 설명과 가격까지 안내를 끝마치자 잠깐의 정적이 흘렀다.

또다시 실패했다.

그렇게 확신했을 때, 중년 남자 옆에 있던 부인이 인자한 웃음을 지으며 말했다.

"이거 진짜 잘해준 거 맞죠? 손주 같아서 사주고 싶네."

그녀는 지갑에서 카드를 꺼내서 내밀었다. 고객으로서는 십여 분 남짓한 시간이 걸린 결정이었지만 나는 이 순간을 위해 많은 연습과 노력이 필요했다. 건네받는 신용카드 무게 가 묵직하게 느껴졌다. 고객이 계약하기로 한 TV 한 대의 가격은 지금까지 팔았던 소형 제품을 다 합친 금액보다 비쌌다. 나는 한 손에는 계약서, 한 손에는 고객 카드를 들고 결제 계산대로 향했다. 카드를 리더기에 꽂고 3백89만 원이라는 금액을 입력하는데 그제야 내 손이 덜덜덜 떨리고 있다는 사실을 깨달았다.

확인 버튼을 누르는 순간 경쾌한 소리와 함께 기계가 영수증 다발을 줄줄이 뱉어냈다. 전산 시스템에 내가 올린 계약서와 결제 금액을 확인한 경리 매니저가 제일 먼저 말했다.

"익준이 큰 거 팔았네?"

그 말을 듣자 잠깐 여유가 생긴 매니저들이 우르르 몰려왔다.

"계약서 뭐야? 큰 거 팔았던데?"

"뭐야 첫 계약이네! 와 진짜 좋은 거 팔았다."

"뭐 실수한 거 없지?"

축하와 우려의 목소리가 동시에 들려왔다. 그와 동시에 그들은 혹시 모를 실수를 확인하기 위해 내 계약서를 찬찬히 뜯어보기 시작했다. 잠깐의 정적이 흐르고 호영 매니저의 나지막한 탄식이 들렸다.

"이거 잘못 계산했다. 자재가 빠져 있잖아."

호영은 내 패드를 조작했다. 그러자 같은 제품인데 10만 원 비싼 모델이 조회된다. TV에 스탠드가 결합한 세트 상품이라는 설명을 보자 머릿속이 하얗게 변했다. 미처 몰랐던 사실이었다. TV를 판매할 때는 스탠드, 벽걸이 같은 부속품이 포함된 모델명을 적어줘야 했다.

식은땀이 등줄기를 스쳐 지나갔다.

"10만 원 어떡할 거야 ….."

결제는 이미 완료된 상황이었다. 계약서에는 자재가 빠진 상태로 서명까지 완료되어 있다.

"계약서까지 쓴 상황이라, 고객이 추가 결제하기 싫다고 하면 10만 원은 네 사비로 내야 할 수도 있어."

10만 원이면 하루 일당이었다. 하지만 더 큰 걱정은 판매에 대한 욕심 때문에 고객과 매장에 손해를 끼쳤다는 사실이었다. 영업자가 다른 사람이었다면 아무런 문제 없이 판매될 제품이었다. 이제는 10만 원이라는 차액이 발생했고 고객의 선택에 달렸다. 기분이 나빠 취소한다면 매장 매출에 해를 끼친 것이 되고, 계약서까지 썼으므로 돈을 못 내겠다고 하면 사비를 털어서 메워야 하는 상황이었다. 실수를 저질러 놓고 고객이 선의를 베풀어주길 바라는 자기 모습이 한심했다. 생각이 많아지자 발걸음이 무거워졌다.

배송지 실수

여느 때와 같은 월요일이었다. 한 주의 시작인 월요일은 재고가 들어오는 날이다. 항상 같은 시간, 오전 11시에 화물차가 골목을 비집고 들어와 매장에 멈추어 섰다. 배송 기사는 두툼한 재고 송장을 내게 내밀었다.

나는 재고를 내리면서 송장과 재고가 일치하는지 확인하고 인수자 사인을 해야 한다. 얼핏 봐도 평소와 다르게 종이 두께가 두꺼웠다. 확인해보니 오늘 받아야 하는 건조기만 열 대가 넘었다.

"같은 제품이 왜 이렇게 많이 들어와요?"

언제 밖으로 나왔는지 3M 장갑을 낀 철성 지점장이 대답했다.

"재고가 없다고 해서 전시 상품으로 당겼어. 내일부터 전시 특가 10%씩 할인해서 팔 거야."

2017년도 말 ~ 2018년도 혜성처럼 등장한 전기식 건조기는 가스식 건조기의 단점을 완벽히 보완하면서 선풍적 인기를 끌었다. 기존에 가스식 건조기는 설치와 이동이 불편했고, 고온 건조로 인해 옷감이 줄어드는 단점이 있었다.

그런데 새로 출시한 전기 건조기는 콘센트만 있으면 되기 때문에 이동·설치가 편리했고 저온 제습 방식으로 옷감 손상도 보완했다. 게다가 2시간이면 깔끔하게 건조가 끝난다는 점, 옷이나 수건에 있는 먼지까지 싹 빼준다는 점에서 고객들이 열광했다. 출시 전부터 입소문을 타더니 예약 판매까지 꽉 차서 주문해도 2~3개월은 기다려야 하는 상황이었다.

지점장은 판단이 빠른 사람이었다. 전기 건조기에 대한 시장 반응을 알아차리고, 매장 전시용으로 주문이라는 시스템을 이용해 10대가 넘는 건조기를 미리 확보했다.

전시 상품은 일반 고객 제품보다 우선 주문이 가능했고, 필요에 따라 전시 판매도 가능했다. 이때는 지점장의 권한으로 전시 할인 설정도 가능했다.

지점장은 전시된 지 일주일도 안 된 제품을 할인해서 판다는 광고 문자를 보냈고 평일 저녁부터 고객들이 물밀듯 밀려들었다.

"건조기 어디 있어요?"

"바로 살 수 있죠?"

고객이 몰리는 정신없는 상황 속에서 내게도 판매의 기회가 왔다. 나는 고객들 속에서 상담받기를 희망하는 안경 쓴 중년 여성 고객을 발견했다. 그녀는 꼼꼼하게 건조기를 살피고 있었다.

"이거 하자 있어서 싸게 파는 거 아니에요?"

"아니에요, 싸게 팔려고 일부러 받아온 거예요. 엊그제 들어왔답니다."

그 뒤부터는 일사천리였다. 그녀는 당장 구매하겠다고 했고 별다른 노력 없이 바로 계약서를 쓰게 됐다. 그런데 그녀

의 배송 희망 주소가 제주도였다. 물류 시스템에 대한 개념
이 전혀 없던 나는 해맑게 웃으며 말했다. "제주도면 배송이
오래 걸릴 수 있겠는데요?"

제기랄, 제주도로 전시 상품이 배송될 수 없었다. 전시 상
품은 매장에 설치된 걸 배송해주는데, 어떤 설치 기사가 서
울에 있는 제품을 뜯어서 제주도까지 간단 말인가. 이 사실
을 계약서부터 결제까지 마무리 짓고 나서야 알아차렸다.

나는 전화기를 들고 전전긍긍했다. 그러다가 모르면 물어
보라던 매니저님들의 말이 떠올랐다. 염치가 없었지만 용기
를 내서 팀장님께 계약서를 보여드렸다. 그는 한숨부터 푹
내쉬며 말했다.

"이거 진짜 답 없어. 익준아. 취소하시라고 하거나 10% 더
결제하시고 새 상품 받으라고 해야 해."

언제나 외면하고 싶었던 사실이 정답인 경우가 있다. 지금
의 경우가 그랬다.

"지금 새 상품 주문 넣으면 얼마나 걸리죠, 팀장님?"

"두 달 정도?"

계약서까지 써버린 상황에서 고객과의 약속을 지킬 수 없게 돼버렸다. 이 일을 어떡한단 말인가.

직장동료란

제대로 알지도 못하면서 의욕만 앞서 실수를 저질렀다. 사고를 친 후 가장 힘든 것은 내 실수로 피해를 본 사람들이 있는데 사고 친 나는 수습할 방법조차 모른다는 사실이었다.

해결할 수 없는 문제라면 고객에게 솔직하기라도 해야 했다. 하지만 진실을 말할 용기도 없었다. 혼자 최악의 상황을 상상하며 내가 만든 허상과 씨름을 했다. 그러다 보면 스트레스는 스트레스대로 받고 행동은 느려진다. 결국 말해야 하는 타이밍은 허무하게 지나가고 있었다. 이런 절망적인 상황에서 내 곁을 지켜준 건 동료들이었다.

TV 자재를 빼먹는 바람에 잘못하면 10만 원을 대신 결제해 줘야 하는 상황이었다. 식은땀을 흘리며 족히 십 분은 아무것도 못 한 채 서 있었는데 말없이 다가온 사람이 있었다.

"가만히 서서 뭐 하냐. 따라와."

팀장님이었다. 그는 고객을 향해 앞장서 걸었다. 노부부는 한참 동안 나를 기다리고 있었다. 팀장은 그들의 앞에 서서 고개를 숙이며 말했다.

"박상영 팀장입니다. 우선 저희 신입사원이 실수한 부분이 확인되었습니다. 죄송합니다."

팀장은 나 대신 고개를 숙였다. 고객의 표정은 혼란스러워 보였다. 그는 고객의 표정에 아랑곳하지 않고 지금 벌어진 일에 대해 설명했다. 노부부 고객은 팀장의 설명을 듣더니 황당해했다. 그는 나 대신 땀을 뻘뻘 흘리며, 왜 10만 원을 더 내야 하는지 설명했다. 내가 할 수 있는 일은 신입사원이라 몰랐었다는 사과의 말과 함께 고개를 숙이는 것뿐이었다.

설명을 다 하고 나서 팀장과 나는 고개를 숙인 채 고객의 결정을 기다렸다. 화가 날 수밖에 없는 상황이었다. 그런데 노부부 고객은 되려 내 손을 잡아 주며 위로의 말을 건넸다.

"신입이라고 하니 이해해야지. 힘내요."

팀장은 떠나는 고객에게 사은품을 가득 안겨주고 끝까지

고개를 숙였다.

전시 상품을 제주도로 판매한 황당한 사고는 의외의 인물에게 도움받아 해결할 수 있었다. 제주도로 배송 방법이 존재할 리 없었기 때문에 고객에게 이 사실을 알려야 했다. 무슨 말부터 꺼내야 할지 생각을 정리하며 계단에 앉아있었다. 그때 호영 매니저가 어깨를 톡톡 쳤다. 그의 얼굴을 보자 나도 모르게 속으로 생각했다.

'또 혼나겠구나.'

그는 나랑 나이 차이가 1살밖에 안 나지만 내게 있어 매장에서 가장 엄격한 형이었다. 그래서 실수를 가장 들키고 싶지 않은 사람이었다. 그런데 위기의 순간에 그는 잔소리가 아니라 새로운 해결 방법을 제시했다.

"제주도 매장에 재고 있는 거 확인해봤어?"

"아, 아뇨….."

제주도 매장? 왜 그런 이야기를 하는 걸까 싶었는데, 그는 단순한 해결책을 제시했다.

"여기 있는 전시상품을 못 파는 거니까 제주도 매장 전시 상품으로 바꿔서 팔면 되는 거 아니야?"

　1~2개월씩 걸리는 배송 문제와 10% 할인된 가격까지 해결하는 방법이었다. 대신 제주도 매장에 전시 제품을 협조받아야 하는 숙제가 있었다. 그는 해결책만 제시하는 데서 끝나지 않았다. 호영은 직접 두툼한 손가락으로 건조기 모델명을 검색했다. 제품을 빌릴 수 있는 제주도 매장을 확인했고 곧바로 수화기를 들었다.

　"아. 아. 들리시나요~~ 수신이 원활하지 않습니다."

　나는 정말 전화에 문제가 생긴 줄 알았다.

　"여기는 서울입니다. 너무 멀어서 잘 안 들리시죠~~~"

　하지만 그건 호영 매니저의 재치 있는 농담이었다.

　"신입사원이 글쎄 서울에서 제주도로 건조기 전시를 팔아 버렸어요. 어떡해요. 이 친구가 너무 힘들어해서 전화를 드렸어요. 한 번만 도와주시면 은혜를 잊지 않겠습니다!"

　건너편 목소리는 들리지 않았다. 나는 오직 호영의 목소리만 듣고 있었다. 그의 목소리에는 간절함이 느껴졌다.

　신입사원이 저지른 사고. 그냥 모른척하면 되는 일이었다.

그런데 귀찮고 번거로운 일을 자기 일처럼 두 팔을 걷고 도 와주는 모습을 보자 그에 대한 감정이 씻은 듯이 사라졌다. 어느새 대화가 끝났는지 호영 매니저는 전화기를 내려놓고 있었다.

그의 얼굴에는 여유로운 미소가 걸려 있었다.

"협조 받아냈다."

팀장님도 포기했던 일을 해결해버린 것이다. 몇 번을 고개 를 숙이며 감사의 인사를 전하다가 문득 궁금해진 게 있었다.

"아까 제주점 전화 말인데요. 혹시 아시는 분이셨어요?"

그는 천진난만한 웃음을 지으며 말했다.

"아니? 처음 연락한 분인데?"

신입사원이라 조바심이 났다. 뛰어난 능력이 있음을 증명 하고 싶었다. 그래서 허락된 범위 밖에 일에 손을 댔고, 문제 가 터졌다. 내가 친 사고로 인해 회사에 끼칠 손해가 두려웠 다. 절망적이라고 느꼈던 순간에도 내 옆을 지켜주는 사람들 이 있었다. 우리는 그들을 '직장동료'라고 불렀다.

실수를 줄이기 위해 Roll playing 훈련을 많이 했다.
동료들에게 설명하는 모습을 영상으로 찍어달라고 했다.
집에 가서 몇 번이나 다시 돌려보면서 부족한 부분을 체크하고 보완했다.

대들다가 쫓겨나다

6개월의 시간이 지났다. 그 사이 매장에는 여러 변화가 생겼다. 호영 매니저는 진급해서 주임이 됐고 나는 정규직이 됐다. 그 무렵 철성 지점장은 실적을 인정받아 더 큰 매장으로 발령받게 됐다.

매장에서는 새로운 지점장을 맞이할 준비를 했다. 소문에 의하면 발령받은 지점장에게는 별명이 있는데 신입사원들을 죄다 퇴사시킨다고 해서 신입사원 킬러였다.

처음 본 그는 키가 170cm가 겨우 넘을까, 앳돼 보이는 얼굴에 마르다 못해 앙상해 보이는 몸이었다. 딱 달라붙는 투버튼 정장을 입고 있었다. 그의 가슴팍에 있는 지점장 명찰에는 '최성필'이라는 이름이 각인되어 있었다.

성필 지점장은 과거에 전설적인 영업사원이었다. 전국에

서 가장 높은 매출을 기록해서 조선일보에도 실릴 정도였다.

그런 사람이 관리자가 되었으니 지점장의 눈에는 모든 직원들이 부족해 보였다. 그래서 성필 지점장은 신입사원들에게 엄격했다. 매장에서 신입사원이라 부를 수 있는 사람이 딱 세 명 있었다. 6개월 차가 넘어가고 있던 나와 내 밑에는 입사한 지 1개월도 안 된 2명의 매니저 둘이었다. 이렇게 세 명은 불행히도 신입사원 킬러의 목표가 되었다. 처음의 취지는 판매 코치라는 명목으로 진행되었다. 자신이 노하우가 있으니, 실패한 이유에 대해 솔직하게 이야기해 달라고 하셨다. 몇 번의 코칭은 도움이 될 때가 있었다. 하지만 시간이 지날수록 목적은 변질했다.

"너는 도대체 얼마를 놓치고 있는 거야."

"구경만 하러 온 사람이 어딨어! 목적이 있어서 들어온 거라고. 네가 못한 거라고."

상담이라는 게 의지와 실력만 있다고 항상 성공할 수 있는 게 아니었다. 가전제품은 고관여 제품이기 때문에 결정에 오랜 시간이 걸린다. 실제로 아무리 영업을 잘하는 사원이라도 성공률은 10~20% 안팎이었다.

그뿐인가 모든 방문객이 가전제품 구매라는 목적으로 들어오지는 않는다. 그냥 구경하러 들어 온 사람, 안마의자 사용하러 온 사람, 물 마시려고 들어온 사람 등 방문 목적은 다양하다.

하지만 지점장은 단호했다. 그는 고객이 어떤 이유에서 왔든 계약서를 써와야 한다고 생각했다. 그래서 그의 잔소리는 어떤 일이 있어도 피할 수 없었다.

"매장에 들어온 건 다 구매하려는 이유가 있어서야."

상담이 끝나고 나면 판매 코칭이라는 명목으로 끌려가서 족히 10분간 잔소리를 들어야 했다. 나중에는 혼나기 싫어서 상담을 피했다. 지점장에 대한 반항이었다. 자연스레 매출은 떨어지게 되었고, 성필 지점장의 히스테리는 더 심해졌다. 악순환의 연속이었다.

주말만큼은 모든 매니저들이 지점장의 잔소리 걱정 없이 판매를 할 수 있는 날이었다. 지점장은 직접 손님들을 응대하느라 우리에게 신경 쓸 시간이 없었기 때문이었다. 물론 그 모든 짜증과 분노는 석회 시간에 몰아들어야 했다.

"피크 타임에는 물 반 고기 반이었어. 고객 수만 보면 1억은 했어야 했다고! 너희들 판매 성공률이 너무 낮아!" 지점장의 간섭은 영업에서 그치지 않았다.

매장 매출은 일 단위로 결산 되어 순위가 매겨졌다. 성필 지점장은 자신의 매장이 하위에 기록되는 걸 참을 수 없는 사람이었다. 그런 승부욕과 집착이 그를 최고의 영업사원으로 만들었을 것이다. 하지만 관리자가 된 후에는 다른 문제였다.

그는 매출 목표를 초과한 날에는 일부러 주문을 다음 날, 다음 주 혹은 다음 달로 이월시켰다. 그리고 판매가 부진한 날이 되면, 아껴둔 주문을 그제야 찍었다. 본사 입장에서는 매출 부진 없이 꾸준한 실적을 기록하는 것으로 보일 테고, 모든 공로는 지점장의 몫이 될 것이다.

"야, 모든 전표 나한테 가져오고, 주문 찍을 때 나한테 보고하고 찍어."

하지만 거기에 대한 위험은 실무자, 즉 영업사원들이 감당

해야 했다. 배송은 주문 확정일을 기준으로 하고 있었다. 그래서 주문을 늦게 넣으면 설치가 늦어진다. 고객과의 약속한 시간을 맞추려면, 지점장을 설득해야 하는 아이러니한 일이 벌어졌다.

"이거 진짜 급해요. 재고가 없어서…. 이사 날 못 맞추면 난리 날 것 같습니다."

"얘는 진짜 자기 생각만 하네? 월말에 찍어 달라고 하면 나는 다음 달에 뭐 먹고살아!"

그러다가 배송이 연기되고, 고객 클레임이 생기면 지점장은 한 발 빼며 말했다.

"네가 잘 보고 찍었어야지. 날 설득했어야지."

충돌

영업하고, 배송 챙기기도 바쁜데 미확정된 전표까지 관리해야 하니 업무의 피로도 심해졌고, 날이 갈수록 직원들의 스트레스는 심해졌다. 지점장 한 명 바뀌었을 뿐인데 시끌벅

적하던 지점 식구들은 어두워져 갔다.

나 역시 스트레스가 원인이 되어 사소한 이유로 고객들에게 언성을 높이는 일들이 많았다. 그리고 얼마 지나지 않아 쌓였던 스트레스가 폭발하는 사건이 생겼다.

매장에서는 고객 사은품을 별도로 신청했다. 나는 매니저별로 필요한 물품을 취합하고 보고하는 일을 했었다. 요청한 사은품과 필요한 예산을 정리해서 지점장에게 보고했는데 가만히 듣고 있던 지점장이 돌연 화를 냈다.

"너희들은 그냥 사은품으로 판매를 하는 것 같아! 그게 영업이야? 실력이야? 나 같아도 이만큼 사은품 준다고 하면 뭐든 다 팔 수 있겠다."

나를 손가락질하며 말했다.

"너는 실력이 아니라 사은품으로 판매하는 거야."

지점에서 사은품 비용에 많은 예산이 투입되는 게 마음에 안 들었던 모양이다. 사은품은 매장 예산으로 사용하다 보니, 많이 쓰면 이벤트 비용에 쓸 예산이 줄어들었다. 그래서 한 마디 하고 싶었던 것 같은데, 선임들은 건드리기 어려우니 제일 만만한 사람을 본보기로 삼는 게 느껴져서 더 화가 났다.

나는 지점에서 가장 적은 사은품을 신청한 사람이었고, 그의 화를 받아줄 만큼의 마음에 여유도 없다. 그의 말을 듣자마자 이제까지 참아왔던 울분이 터지고 말았다. 나는 치밀어 오르는 분노 때문에 떨리는 목소리로 말했다.

"지점장님, 제가 그래도 월 1억 넘게 판매합니다. 10만 원어치 시킨 거 가지고 뭐라고 하시는 거면 그냥 시키지 마십시오. 제 돈 주고 사서 보내겠습니다!"

나는 선배들을 배려하느라 대부분의 사은품을 사비로 처리하고 최소한의 사은품을 요청했었다. 실제로 같은 매출의 선배는 나의 사은품 요청량의 4~6배는 기본이었다.

매장이 떠나가라 소리를 지르고 자리를 박차고 나가버렸다. 모든 매니저가 참석한 회의 시간이었다. 혼자 밖으로 나온 나는 도저히 분이 풀리지 않았다. 그래서 그 길로 근처 창고로 들어가서 한참 더 소리를 지르고 품에 있던 볼펜을 바닥에 집어던졌다. 부서진 볼펜이 산산이 부서져 바닥을 나뒹

굴었다. 얼마간 시간이 지나자 화가 조금 식었다. 재고 상자에 걸터앉아 있었는데, 부서진 볼펜 잔해가 눈에 들어왔다. 아무 잘못 없이 내 주머니에 있었다는 이유로 바닥에 던져져서 제 몫까지 쓰이지 못하고 부서져 흩어져있는 모습이 애처로웠다.

다시 매장으로 복귀했을 때는, 묘한 서늘함이 느껴졌다. 아무 일 없는 척 일을 시작하려 하자 팀장과 매니저들이 내 곁으로 다가왔다. 위로와 걱정의 말을 건넸다.

"괜찮냐?"

"그래도 조금 참지 그랬어."

"저 사람 성격 몰라? 왜 그랬어."

그때 멀리서 성필 지점장이 나를 따로 불렀다. 등 뒤로 걱정스러운 눈길들이 느껴진다. 성필 지점장의 표정은 의외였다. 그는 침착하게 가라앉은 표정이었고, 목소리는 처음 들어보는 온화한 목소리였다.

"아까 그 태도는 잘못됐다고 생각하지 않니?"

이윽고 지점장은 자신이 왜 사은품에 대한 문제를 거론했는지 설명을 늘어놓았다. 정리하자면, 매장 분위기가 잘못된 방향으로 흘러가고 있었는데, 연차 높은 매니저들은 바뀔 리가 없으니 아래 연차부터 습관을 고쳐주고 싶었다는 말이었다.

그리고 모두가 있는 앞에서 내가 한 행동은 자신의 체면과 위신을 깎은 행위이니 정식으로 사과하라고 했다. 그렇다면 본보기로 그가 깎아냈던 내 위신과 체면은 무엇이란 말인가.

나는 그의 태도가 싫었다. 모든 걸 자기중심적으로 해석하는 사고. 나는 사과 대신 이번 기회에 부당하다고 생각했던 일들을 모두 털어놔야겠다고 생각했다. 그래서 판매 코치부터, 주문 미처리까지 지금까지의 불만을 쏟아냈다. 그렇게 성필 지점장과 나는 서로 하고 싶은 말만 주고받다가 대화를 끝냈다. 그 덕분일까 일주일 동안 성필 지점장은 나를 건드리지 않았다.

그가 나를 다시 부른 건 다시 돌아온 금요일 저녁이었다.

"다음 주 월요일부터 다른 지점으로 출근하면 될 것 같다."

그야말로 청천벽력 같은 소식이었다. 그는 이유를 말해주지 않았지만, 한 주 전에 모두가 보는 앞에서 언성을 높였던 일이 발단이라는 건 어렴풋이 예상할 수 있었다. 그게 사실이라면 얼마나 치졸한 보복이란 말인가.

이 매장은 내 고향 같은 곳이다. 처음 입사해서, 적응하기 위해 얼마나 많은 우여곡절을 겪었던가. 피와 땀이, 추억이 녹아든 곳이다. 그런데 새로 온 지점장은 자신의 심기를 거슬렀다는 이유만으로 하루아침에 그 모든 일을 의미 없는 일로 만들었다. 그의 모습은 단호한 판사 같았고, 사망을 선고하는 의사 같기도 했다. 잠자코 따를 수밖에 없다는 단호한 어조였다. 나는 한참 동안 그의 눈을 노려봤다. 그리고 대꾸하려 입을 열었는데 목이 메어와서 다시 입을 다물었다. 그에게는 약한 모습을 보이기 싫었다. 가까스로 마음을 추슬렀다. 몇 분은 지난 것 같다. 그 시간 동안 지점장은 아무 말 없이 내 말을 기다렸다.

"어느 매장인데요…."

내가 할 수 있는 건 순순히 그의 말을 따르는 것뿐이었다.

새로 발령받게 된 매장은 서울 외곽에 있었다. 10분이면 도착하던 거리가 1시간으로 늘어났다. 게다가 그 매장은 C등급에 매출 하위 매장이었다. 높은 등급의 매장에서 낮은 등급으로 발령받는 경우는 거의 없었고, 만약 그런 일이 생긴다면 사실상 좌천을 의미했다.

매장 앞에 도착하자 매장 입구에서부터 절망했다. 규모는 전에 있던 매장의 절반도 안돼 보였다. 차로도 쉽게 들어오기 힘든 주차장, 바로 옆에는 인근 지역에서 가장 큰 경쟁사 매장이 있었다. 한눈에 봐도 열악한 환경이다.

그런데 이 매장은 성필 지점장이 처음 발령받았던 매장이었다고 한다. 20년 역사와 전통이 있는 매장으로, 그는 열악한 환경 속에서 차근차근 실적을 쌓아 큰 매장으로 옮겨갔고, 신문에 날 정도의 영업사원이 됐다. 그 사실을 알게 된 나는 매장에서 성필 지점장의 그림자가 보였다. 그의 그림자는 이렇게 말하는 것 같았다.

'이 매장 쉽지 않지? 나는 해냈지만, 너는 못 할걸?'

의지를 다졌다. 성필 지점장이 자신의 매장에서 날 밀어낸 걸 후회하게 할 만큼 잘해야겠다. 그래서 반드시 S등급 매장으로 돌아가야겠다는 의지를 불태웠다. 그렇게 1년이란 시간이 지났고, 신기한 일이 벌어졌다.

열악한 환경 속에서 C등급 매장에 불과했던 곳은 지점장과 동료들이 의기투합해서, 전년 대비 180%라는 기적적인 성과를 달성했다. 나는 전국 10% 안에 들어가는 매출을 기록했고, 그다음 해에 S등급보다 더 높은 G등급 매장으로 발령받게 된다.

처음 성필 지점장의 매장에서 쫓겨날 때, 사람들은 내 행동이 경솔했다고 말했다. 다들 성격이 없어서 이러는 줄 아느냐고, 다들 먹고 살려고 참는 거라고 말이다. 하지만 인생에서 정면으로 대들어 본 경험 한 번 정도는 가지고 있어도 좋은 것 같다.

놓아주는 법

매장 등급 중 G등급은 모든 규모에서 가장 크다는 걸 의미한다. 크기, 매출, 직원 수도 최고 규모였다. G등급부터는 출근 복장이 유니폼이 아닌 정장으로 바뀐다. 일 년 넘게 입고 다녔던 촌스러운 유니폼을 벗고, 검은색 정장을 입으니 감회가 새로웠다.

체계도 달랐는데 지점장 아래에 두 명의 팀장은 각각 1층과 2층을 나눠서 관리했다. 주문 관리를 지점장과 경리가 맡아서 진행했기에 직원들은 영업에만 집중할 수 있는 환경이었다.

그리고 이 매장에는 반가운 얼굴이 먼저 와 기다리고 있었다. 호영 매니저였다. 내가 떠난 후 성필 지점장의 다음 대상은 호영 매니저였던 모양이다. 나보다 몇 개월은 일찍 이 매장에 와있었다던 그는 매장에서 이미 인정받는 영업사원이었다. 그는 이제 전국에서 노트북을 제일 잘 파는 100명 중 하나가 되었다. 그 증거로 그의 가슴에는 은색으로 빛나는 이름표가 붙어있었다.

호영 매니저는 처음 만났던 그날처럼 매장과 새로 일하게 될 동료들을 소개해줬다. 소개해 주는 한 명 한 명이 키가 크고, 훤칠했다.

나보다 나이가 한 살 어린, 순둥이 막내 희원 매니저, 나와 나이가 같은 동갑내기 두 명, 동은이와 민수. 그 위로는 무려 전국 판매 세 손가락 안에 들어가는 전설적인 영업사원 두 명이 있었다. 구민 매니저와 이 팀장님이었다.

이 두 사람은 회사 소식지에서나 볼 수 있었던 유명한 사람들이었다.

둘은 정반대의 매력을 가지고 있었다. 구민 매니저는 구릿 빛 피부에 다부진 몸을 가지고 있었다. 낮은 저음의 목소리로 아주머니들 사이에서 인기가 많았다. 이 팀장님은 정반대로 새하얀 피부에 귀공자 같은 이미지였다. 차갑게 생긴 이미지와 다르게 정이 많고 따뜻한 사람이어서 큰 형 같은 느낌이 들었다. 둘을 중심으로 영업 조직이 체계화되어 있었다. 매장 분위기는 엄격한 와중에 매니저들끼리 끈끈했다.

나는 동갑이면서 후배인 민수, 동은이에게 마음이 갔다. 회사에 들어와 처음 만난 동갑 친구였기에 더 그랬다. 둘은 최근 입사를 해서 정규직 전환을 앞두고 있었다. 1년 전에 겪었던 일을 똑같이 경험하고 있는 모습을 보니 안쓰럽기도 하고 도와주고 싶은 마음이 컸다. 나는 아낌없이 영업 노하우를 알려줬다. 그러다 문득 내가 하는 말을 눈을 반짝이며 듣고 있는 그들의 모습을 보고 있으니 감회가 새로웠다. 영원히 신입을 못 벗어날 줄 알았는데 시간은 훌쩍 흘러 선배들에게 받은 도움을 누군가에게 베푸는 날이 온 것이다.

내 미래를 걸어도 될까?

본점에 머무르는 시간은 약 2년간의 직장 생활 중 가장 완벽했다. 매장 내에는 큰 갈등이 없었으며 직원들끼리 사이가 좋았다. 그 속에서 점차 안정감을 느꼈다.

첫 발령의 순간부터 직장은 전쟁터라는 생각으로 다녔다. 마음에 여유가 생기는 줄 알았는데 오랜 기간 생존하기 위한 싸웠던, 투쟁의 시간이 끝이 났음을 깨닫자 이것은 업무에 대한 무기력으로 이어졌다.

지금까지 나는 타의로 살아온 것 같다. 처음에는 철성 지점 장의 편견에서 이겨내기 위해 일했다. 그 후에는 성필 지점장의 선택을 후회하게 하겠다는 일념으로 일했다. 그 과정들을 지나 이제는 혼자 목표를 설정해야 하는 시간이 왔다.

당장 매장에는 5년, 10년 뒤의 미래 모습이 있었다. 연차가 쌓여 팀장이 되고 정말 운이 좋으면 지점장이 될 것이다.

그런데 그 미래도 불투명해 보였다. 시장은 온라인, 홈쇼핑 등 비대면 시장으로 옮겨가고 있었다. 전국의 지점장 숫자는 날이 갈수록 줄어드는 추세였다. 회사 비전 간담회에서도 앞으로 출점 매장을 대폭 줄인다고 밝혔다. 지금도 지점장 교육을 수료했지만, 자리가 없어서 대기하는 인력들이 많았다. 지금도 이런데 10년 뒤에는 어떻게 될지 모든 게 불확

실하고 불안하게 느껴졌다.

모든 게 위태로워 보이는 무렵 불안한 마음에 불을 지르는 일이 있었다. 여름 성수기에 인근 매장에 지원을 나가게 되었다. 몇 번 다녔던 매장이라 익숙하게 문을 열고 출근했는데, 낯선 얼굴이 반겼다.

나이가 50살 중후반은 되어 보이는 분이었다. 딱 봐도 지점장님보다 나이가 많아 보였는데, 영업사원 유니폼을 입고 있었다.

"사랑합니다. 고객님."

중년인의 목소리에서 떨림이 느껴졌다. 나중에 매장 직원들에게 몰래 물어보니, 원래는 지점장이셨는데 매장 실적이 안 좋다는 이유로 보직 해임이 되고 매니저 일을 하게 됐다고 했다.

오랜만에 영업 실무를 하느라 실수가 잦았던 부장님은 하루 동안 몇 번이나 지점장에게 불려가 혼이 났다. 그에게는 내 또래만 한 아이가 있었다. 가족을 위해 그는 굴욕을 참고 회사를 다니고 있었다.

나는 자신보다 한참 어린 지점장에게 고개를 굽히는 모습을 가만히 들여다봤다. 오랜 기간 조직에 헌신한 직원이었다. 영업사원으로서 가장 높은 목표로 삼고 있는 지점장이라는 직책도 실적이 안 좋다는 이유로 한순간에 말단 매니저가 될 수 있다는 걸 보자 조직과 일에 대한 회의감이 들었다.

현장 직원에 대한 처우

영업직은 육체적으로, 정신적으로 힘든 직업이다. 하지만 영업 성과급이 많았고, 이를 통해 높은 월급을 받을 수 있었다. 열심히 일한 만큼 벌 수 있는 구조였다. 따지자면, 고강도의 업무 환경을 월급으로 보상해주고 있었던 셈이다. 그런데 회사 수익성 강화를 위해 현장 인센티브 제도를 대폭 축소하기 시작했다. 영업사원의 직업적인 메리트가 한순간에 없어진 상황이었다.

엎친 데 엎친 격으로 회사 내에서 역대급 생산 이슈가 발생했다.

[냉장고 긴급 단종으로 생산계획 지연]

[세탁기 금형 이슈로 생산계획 지연]

[전기레인지 상판 불량 이슈로 생산계획 지연]

3~4개 제품에 대한 생산 문제가 동시에 터졌다. 문제가 생긴 제품들의 배송은 기약 없이 미뤄졌다. 그런데 이를 처리하는 과정에서 회사의 대처는 실망스러웠다.

정해진 일정이 연기된다는 말은 필요한 시기에 사용하지 못하게 된다는 뜻과 같다. 돈도 제대로 냈고, 계약까지 했는데 회사 문제로 약속된 날짜에 제품을 받을 수 없게 되었다면 보상이 이뤄져야 하는 상황이었다. 그런데 회사는 문제의 책임을 전적으로 판매자에게 떠넘겼다. 본사에서는 판매한 영업사원들이 알아서 고객들을 잘 챙기라는 공지만 띄울 뿐 다른 대책을 내놓지 않았다.

결국 현장에서 모든 클레임을 소화해야 했다.

"음식물 다 썩어요. 어떡하라고요."

"빨래를 몇 주 동안 못 빨고 있어요. 세탁소에 세탁물 맡길 때마다 비용 지원해주세요."

"음식을 못해서 매일 시켜 먹고 있어요. 어떻게 책임 지실 거예요."

제품 취소로 이어지는 건 기본이고, 맘카페 등 커뮤니티까지 이야기가 번졌다. 매장에서 계약을 일방적으로 변경했다는 식으로 와전되는 바람에 매장 매출에 큰 타격으로 이어지기도 했다.

사태가 심각해졌고 현장에서 할 수 있는 일은 배송 관련된 담당자에게 전화하는 일뿐이었다. 우리는 간절한 마음으로 전화했다.

"부탁드립니다. 고객 클레임이 정말 심해요. 날짜를 당겨주시거나, 재고를 우선 받게 해주실 수 없을까요?"

하지만 돌아오는 대답은 차가웠다.

"그런 일 처리하라고 월급 많이 받으시잖아요."

그들의 부서 이름은 '영업 지원부서'였다. 배송 문제를 해결해야 하는 부서가, 대책도 내놓지 않고, '월급 많이 받으니 알아서 처리하라.'라고 하는 말을 듣자 마지막 애사심까지 사라지는 기분이었다.

점점 회사에 있는 미래의 모습이 그려지지 않았다. 어느새 마음은 회사를 떠났다. 매장 2층 창가 자리에서 노을 바라보는 걸 좋아했는데, 이제는 투명한 감옥 안에 갇혀 있는 기분이 들었다.

매출을 올리는 일도, 동료들과 퇴근 후 우애를 다지는 일도 근본적인 문제를 해결할 수 없었다.

한 달 동안 퇴사에 대해 고민하면서 깨달았다. 지금까지 쉬지 않고 달려오느라 나는 스스로 뭘 좋아하는 사람이고, 앞으로 무슨 일을 하고 싶은지 생각해본 적이 없었다. 29살이 되어서야 얼마나 텅 빈 삶을 살고 있었는지 깨달았다.

앞으로 70~80살까지 살 거라면, 지금 시기에 잠깐 삶을 멈추고 되돌아보는 순간이 되리라 확신했다. 그렇게 퇴사를 결심하게 되었다.

회사를 다닐 때 퇴사를 해야겠다는 생각은 시시각각 든다. 동료와 문제가 생겼을 때, 상사와의 관계가 마음 같지 않을 때, 일이 풀리지 않을 때, 출근하기 싫을 때. 하지만 그것을 실행하는 것은 다른 의미다.

"지점장님, 저 퇴사하겠습니다."

그 한 문장을 말하기 전까지만 해도 내가 없으면 안 될 것 같던 회사, 영원한 아군일 것 같은 동료들은 신기루처럼 사라져 버렸다. 2년이란 시간 동안 회사에 다니며 나는 많은 이별을 경험했는데, 이제는 내가 그들의 이별 중 하나가 되는 일이다. 회사는 나 하나 빠졌다고 달라지지 않았다. 내가 차지하던 작은 공간만큼 사라졌을 뿐이다. 하지만 내 삶에서는 그들의 자리가 송두리째 사라지는 변화였다. 내가 회사에서 치열하게 살아냈다는 증거는 몇 푼의 퇴직금으로 보상받았다.

퇴사는 내게 있어 불안을 의미하지만 다른 한 편으로 더 넓은 세계로 나가는 기회기도 했다. 직장을 그만두기 전에는 회사가 세상 전부라고 생각했다. 하지만 밖으로 나오면 세상은 수많은 직업과 기회로 가득 차 있다는 걸 알 수 있다. 나는 첫 번째 퇴사를 시작으로 한 번의 창업 그리고 네 번의 입사를 회사를 경험했다.

퇴사한 덕분에 나는 더 많은 삶의 기회와 경험을 만날 수 있었다. 이렇게 보면 삶이란 무언가를 떠나보내면, 그에 상응하는 것이 찾아오는 것 같다. 그래서 우리는 적절한 시기에 놓아주는 법을 배워가는 중이지 않을까?

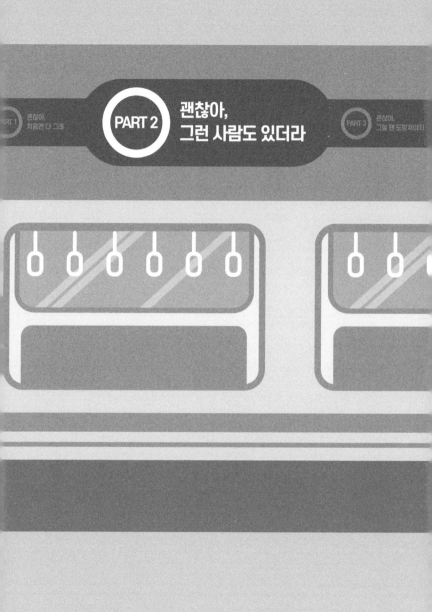

PART 2

괜찮아,
그런 사람도 있더라

기대에 부응하지 못하다

생각해보면 우리는 항상 누군가에게 기대하고, 기대받는 것에 익숙하다. 가정에서부터 사회까지 기대란 자연스러운 것이고 사회의 암묵적 합의다. 부모님은 내게 번듯한 직장에 다니며, 사회에서 한 사람의 몫을 해내는 걸 기대한다. 우리는 음식점에 가면 맛있는 음식이길 기대하고, 은행에 가면 적절한 수준의 금융 서비스를 받길 기대한다.

하지만 모든 기대가 부응하진 않는다. 기대에 못 미치는 일이 벌어지면 실망스러운 감정이 드는 것 또한 자연스럽다. 음식이 맛이 없어서 실망하고, 서비스가 형편없어서 실망한다. 그래서 사회는 서로 간의 기대와 실망으로 구성되어있는 것 같다.

기대와 실망

강남 지하철은 항상 붐볐다. 나는 북적이는 사람들 틈을 헤집고 나왔다. 오랜만에 입은 정장은 꽉 끼고 불편했다. 쉬는 동안 살이 불어난 탓이다. 오랜만의 면접에 긴장된 탓일까 예고된 면접 시간보다 한 시간은 일찍 도착해버렸다. 안내받은 면접 장소는 빼곡히 들어선 건물들 틈 속에서 유독 화려해 보이는 건물이었다.

지원한 직무는 마케팅 기획이었다. 오늘을 위해 만반의 준비를 거친 상태였다. 실무에 관련된 질문에 대비하기 위해 마케팅 분석 툴 자격증을 취득했고, 몇 개의 마케팅 강의도 수강한 것이다.

건물 로비에 들어서자 학생들이 가득했다. 수업 끝나는 시간과 겹친 모양이다. 이 회사는 온, 오프라인 강의 회사로 1층은 수강생들을 위해 개방되어 있었다. 인포 데스크에서 별도의 안내를 받아 2층 계단을 오르면 관계자만 들어갈 수 있는 공간이 나온다.

1층과는 사뭇 다른 사무 공간을 가로질러 대기실에 입장했다. 그곳에는 잔뜩 긴장한 표정으로 앉아있는 사람들이 보였다. 한눈에 봐도 나와 같은 입사 지원자들이었다. 그들은 자기소개 등이 적힌 A4용지를 손에 쥐고 각자의 방식대로 면접을 준비하고 있었다.

곧이어 각자의 번호대로 호명되어 면접실로 들어갔다. 면접 질문들은 대체로 평이했다. 나는 주로 매장에서 있었던 일화를 이야기했다. 면접관 중 한 명은 내가 한 답변 중 높은 매출을 올렸던 사례, 취업 준비 기간 동안 창업했던 이야기에 관심을 가졌다. 그 사람은 신설되는 본부의 본부장이었다.

합격 문자를 받았다. 문자에는 합격한 사람들을 대상으로 한 교육 평가에 대한 안내가 있었다.

이 기간은 평가를 치르는 기간이었다. 평가 항목과 기준에 관한 내용은 구체적으로 나와 있지 않았지만, 우수자에 대해서는 연봉 협상에서 가산점이, 미달자는 채용취소가 될 수 있다는 안내였다. 합격의 축배를 들기 전에 또다시 치열한 경쟁을 벌이게 된 것이다.

하루를 꽉 채운 강의는 대학교를 방불케 했다. 강의가 끝나면 일주일 단위로 쪽지 시험을 쳐야 했고, 조별 과제는 덤이었다. 결국 과제와 시험을 준비하기 위해 밤을 새우는 일이 많았다.

나는 최선을 다했지만, 동기들 사이에서 우수한 성적을 기록하진 못했다. 그런데 수업 시간에 체험 학습으로 '하버드 모의 사회 시험'을 진행하게 되었다. 팀을 나눠 수요자와 공급자를 선정하고 정해진 규칙에 따라 상호 거래를 진행하는 방식이었다. 시장 시스템을 이해하기 위한 활동이었다.

테스트는 사실 의도적으로 수요자보다 공급자를 많이 배치하게 하여 공급자에게 불리한 구조로 설계되어 있었다. 수요 공급의 원리를 이해하기 위한 수업이었기 때문이다. 그런데 나는 공급자들끼리 담합을 주도했고, 진행하는 강사의 말을 빌리면 5년 만에 처음으로 수요자를 파산시킨 게임을 만들었다.

단 한 번의 활약으로 나는 인사팀과 임원들 사이에서 주목받게 되었다.

교육 기간이 끝나고, 각 부서의 리더들과 대면하는 시간이 있었다. 거기서 나를 기다리고 있던 사람은 동원 본부장이라는 사람이었다. 뿔테 안경에 왁스를 발라 힘껏 넘긴 머리. 목은 두툼해서 힘이 좋아 보였다. 장사형 체형이다. 가만히 보고 있는데 낯이 익었다. 이 사람은 분명 면접관으로 있던 사람이었다.

본부장도 나를 기억하고 있었다. 그는 면접 때 나를 인상 깊게 봤으며, 교육 기간 때 활동을 보고 함께 일해보고 싶어졌다고 이야기했다.

그는 새로운 사업을 진행하기 위해 본부를 구성하고 있으며, 나를 본부에 있는 신설팀에 넣고 싶다고 말했다.

그의 눈을 보고 있으니 나에 대한 기대와 확신으로 가득 찬 느낌이 들었다. 확실히 신사업은 이룩하는 모든 결과가 성과였다. 나는 흔쾌히 그의 제안을 수락했고 신사업팀에서 일을 하게 되었다.

교육 기간 함께했던 조원들과 찍은 사진이다.

오늘부로 퇴사합니다

신사업팀의 구성은 세 명이었다. 팀장은 5년 동안 동원 본부장 밑에서 일을 배웠던 사람으로 이번에 처음으로 팀장 자리를 맡게 되었다. 그 밑으로는 나와 연수 매니저가 배정되었다.

연수 매니저는 입사 동기로 적극적인 성격의 소유자였다. 집이 셋 중 가장 멀었지만 가장 일찍 출근했다. 그녀는 업무 의지를 불태웠으나 불행히도 회사에서 가장 먼저 코로나에 확진됐다.

2019년에 코로나는 재앙 같았다. 확진되는 순간 동선이 공개되고, 그가 다녀간 곳은 폐쇄 조치를 당했다. 우리 회사는 강의 사업을 주력으로 하고 있었기 때문에 연수 매니저의 코로나 확진 판정은 예상치 못한 사고였다.

회사는 재택근무 시스템도 갖춰지지 않은 상황에서 연수 매니저를 한 달 넘게 재택근무를 시켰다. 그녀는 사실상 방치되어 버렸고, 신사업팀은 한 명이 빠진 채 프로젝트를 시작해야 했다.

업무에 제대로 적응하지 못한 채 실무에 투입되면서 회사와 부딪치는 게 많았다.

첫 번째는 회사 문화였다. 회사 인력의 70~80%가 여자였는데 사내 문화는 솔직히 군대보다 더 수직적이고 엄격했다. 먼저 업무상 소통하는 곳에서는 다나까체로 써야 했다. 여자 동기들은 처음 써보는 말투나 문체 때문에 적응하느라 애를 먹어야 했다.

"하오체는 쓰지 않습니다. 공식적인 소통창구에서는 다나까체로 써야 합니다."

하루는 저녁 약속으로 6시에 칼퇴근해야 하는 날이었다. 퇴근할 때 본부장과 팀장에게 퇴근 보고를 해야 했는데, 6시 되자마자 퇴근 보고를 했다고 공지 사항에 대문짝만한 경고 안내를 받아야 했다.

모든 직원이 보는 게시판에 '6시 되자마자 퇴근 보고하는 일은 자제해야 한다.'라며, 6시가 업무를 종료하는 시간은 맞지만 어떻게 땡 하자마자 무 자르듯 끝낼 수가 있느냐. 이건

6시 이전부터 업무를 끝마칠 준비를 했기 때문에 가능한 일이 아니냐. 앞으로 10~20분 정도 기간을 두고 보고하라는 내용이었다. 공지 사항에 직원들의 반응은 되려 그런 개념 없는 사람이 누구였냐는 식에 마녀사냥이 이어지고 있었다.

두 번째는 비효율적인 보고체계였다. 모든 프로젝트에 회사 단위의 자원이 투여되기 때문에 철저한 확인이 필요한 것은 사실이었다. 하나의 캠페인을 위해 디자인팀, 퍼블리싱 개발팀, 법무팀까지 모든 사람의 노력이 헛되지 않으려면 오류 없고 정확하게 일 처리가 필요한 건 공감하는 부분이었다. 하지만 피드백의 상당수는 '내용'이 아닌 형식적인 것으로 지적받는 일이 많았다.

기획안을 보고할 때면 금일, 명일, 익일 등의 단어부터 맺음말에 쓴 '드림'까지도 지적했다.

"한본어이므로 자제해주시기 바랍니다."

"드림은 직위가 동등하거나 아랫사람에게 사용하는 단어이니, 배상이 맞습니다."

"'수고하십시오.'는 명령어입니다. 예의에 맞지 않은 어체

이니 쓰지 않도록 합니다."

출근해서 일을 하고 싶은데 종일 말투나 행동거지로 지적받으니 업무 체계가 비효율적으로 느껴졌다.

나는 이런 이유로 업무 효율을 자주 건의했다. 그 과정에서 서로 간에 크고 작은 균열은 있었다. 하지만 두 명밖에 없는 팀에서 서로 날을 세우는 건 원치 않았고, 서로 양보하는 선에서 문제를 해결하고 있었다. 하지만 얼마 지나지 않아 본격적인 갈등이 생겼다.

신사업팀은 작은 균열 속에서도 매출을 내기 시작했다. 하지만 이를 의식한 경쟁사에서 특별 할인가를 내세운 이벤트를 시작하면서 위기를 겪게 되었다.

그들은 암묵적인 시장가까지 파괴하면서 고객을 끌어모았다. 빠른 대처가 필요한 상황이었다. 나는 이에 대응하기 위한 기획안을 작성했다. 하루라도 일찍 대처하기 위해 마음을 졸이고 있었는데 한참 시간이 지나도 결재가 나지 않았다. 본부장이 급한 일정 때문에 결재를 할 수 없는 상황이었기 때문이었다.

그래서 나는 결재가 되는 순간 이벤트 페이지를 오픈할 수 있게 시간이 오래 걸리는 디자인 작업과 페이지 디자인 작업을 진행하고 있었다. 그런데 이 사실을 알게 된 팀장과 본부장은 이해할 수 없다는 표정으로 말했다.

"익준 씨 장교 출신 아니었어요? 보고도 없이 일을 이렇게 마음대로 진행하는 게 맞아?"

"이런 소통 방식은 통보에요."

이 사건 이후 나는 통제되지 않는 신입사원이라고 평가받은 모양인지 대부분의 기획 업무에서 빠지게 되었고, 어느 순간부터 내가 하는 모든 행동은 '선 넘는' 행동으로 취급을 받고 있었다.

낙인

성연 팀장은 고민이 많아졌다. 둘밖에 없는 팀원들이 적응을 못 하고 있었기 때문이다. 한 명은 코로나 확진으로 업무에서 배제된 상황, 남아 있는 한 명은 태도 문제로 뒷말이 나오는 상황이었다. 그녀는 결국 팀 내에서 생긴 문제를 가장 오래 일했던 동원 본부장에게 털어놓기 시작했다. 그때부터 동원 본부장의 개입이 시작되었다.

그는 내가 보고하는 글을 전부 확인하고 의견을 회신했다. 본부를 총괄하는 사람이 신입사원의 업무를 체크하는 일은 이례적이었다. 그 모습은 주변 사람들도 신기해할 정도였다.

"동원 본부장님은 얼굴 보기도 힘든 사람인데 익준님한테 왜 그렇게 집착하신대요? 할 일이 없으신가?"

그의 피드백은 수치스러울 정도로 공개적이었다.

"이번에 본부에 한 사람이 보고 체계를 건너뛰고 일을 처리했습니다. 앞으로는 이런 방식의 일은 지양하도록 합시다."

작은 실수에도 왜 이런 일이 벌어지게 되었으며, 재발 방지를 위해 어떤 노력을 기울일지 보고해야 했다. 하루를 돌아보면 업무보다 본부장의 댓글에 답변하는데 더 오랜 시간을 쓰고 있을 때도 있었다. 반성문 같은 글을 쓰고 있으면 자괴감이 든다. 잠깐 숨이라도 돌리려다 답변이 늦어지면 쪽지가 날아왔다. 자신의 말을 무시하냐고 당장 자리로 오라는 쪽지였다.

"쓰는 중이었습니다!"

참다못해 터져 나온 한마디였다. 그런데 순식간에 사무실 분위기는 싸늘하게 식었다. 까마득한 직책의 사람에게 무슨 소리를 들어도 팀원을 보호할 생각이 없어 보이는 팀장과 쥐 잡듯 사람을 잡는 본부장. 그 둘로부터 나는 조금씩 멀어지고 있었다.

완전히 갈라서다

매일 해야 하는 일 중에서 가장 손이 많이 가는 일은 경쟁 사를 분석하는 일이었다. 매일 십여 개 되는 경쟁사 홈페이 지에 들어가 문구 하나, 팝업 배너 하나까지 확인해야 했는 데 못 해도 1~2시간은 걸렸다. 그런데 열심히 작성한 문서 는 그 누구도 열람하지 않았다. 나는 며칠째 조회수가 없는 게시글을 보며 회의감을 느꼈다. 하루는 파일을 잘못 올려서 실컷 작성한 파일 대신 엉뚱한 파일을 올린 적이 있었다. 그런데 아무도 알아차리지 못했다.

그날 하루가 시작이었다. 사람 마음이 간사했다. 한 번 선을 넘기가 힘들지 그 이후는 어렵지 않았다. 나는 점차 대범해지고 있었다. 원래라면 홈페이지 안에 있는 모든 카테고리를 확인해야 하는 일이었다. 그런데 이제는 정면에 보이는 특이사항만 기재하기 시작했다. 그것만으로 시간은 절반 이상 줄어들었다.

그렇게 한 달 정도 시간이 흘렀을 무렵이었다. 팀장은 어느 날부터 이 사실을 알아차리고 한참을 벼르고 있었던 모양이었다. 불행히도 나는 낌새를 전혀 알아차리지 못했다. 그녀는 내가 일찍 퇴근하는 순간을 노렸다. 아무것도 모른 채 퇴근했던 밤, 그녀는 내가 작성한 경쟁사 분석 문서들을 전부 확인했다. 모든 증거와 정황을 수집한 그녀는 이 사실을 본부장에게 보고했다.

다음 날 본부가 뒤집혔다. 출근해서 인트라넷 메신저를 열자 팀장부터 본부장까지 온갖 비난과 경고의 메시지가 잔뜩 쌓여있었다. 어떤 변명도 소용 없었다.

그날을 기점으로 팀장과 본부장의 마음은 나로부터 완전히 떠나버렸다. 어디서부터 잘못된 걸까. 면접 때부터 눈여겨봤으며, 함께 일을 해보자고 제안했던 본부장의 눈빛은 달라져 있었다. 그는 이제 나를 볼 때, 마치 철천지원수를 보는 것 같았다.

꼭 기대에 부응할 필요가 있나요

그들의 눈을 보자 제일 처음 든 감정은 두려움이었다. 생각해보면 나는 다른 사람들의 기대에 잘 맞추며 살았다. 그렇게 부모님에게는 자랑스러운 아들, 친구들 사이에서는 믿음직스러운 친구, 교회에서는 신실한 신자, 연인에게는 다정한 남자친구였다. 그래서 실망한 눈빛을 보자 어떻게 해야 할지 모를 절망감, 두려움이 들었다.

그달 말 HR팀은 정규직 전환을 축하한다는 메시지를 보내왔다. 하지만 인턴 기간이 끝나면 더 오랜 시간을 그들과 함께하게 된다.

그런데 이 상황을 해결할 자신이 없었다. 기대받을 때는 기뻤다. 그런데 이제는 그 기대를 어떻게 해야 만족시킬 수 있는지 두려워졌다. 나는 결국 퇴사를 결심했다.

다음날 본부장과 팀장에게 면담을 요청했다. 팀장과 본부장은 깜짝 놀랐다. 내가 퇴사 이야기를 꺼내리라곤 예상하지 못한 모양이다.

본부장과 팀장은 말했다.

"조금 더 믿어줄 걸 그랬나 봐요."

"연인 사이도 나빠졌다가 좋아졌다가 하잖아요. 직장도 마찬가지예요. 우리 다시 한번 생각해봅시다."

그 말에도 결심한 마음은 흔들리지 않았다. 버틸 엄두가 나는 않는 이곳에서 당장이라도 도망치고 싶어질 뿐이었다.

나는 사무실로 올라와 자리를 정리했다. 그 날따라 팀장은 자주 자리를 비웠다. 퇴근할 시간이 되었고 나는 옆 자리에 앉은 그녀에게 작별 인사를 건넸다. 팀장은 나를 보며 인사를 받아줬다. 그때 온종일 볼 수 없었던 얼굴을 볼 수 있었다. 그녀는 곧 떨어질 것 같은 눈물을 글썽이고 있었다.

'이 사람도 서툴렀구나.'

서로 서툴렀던 상황이다. 팀장은 리더의 자리가 처음이었고, 나도 일을 이렇게 헤맨 적이 처음이었다.

부당하다고 느낀 모든 일은 신입사원을 향한 피드백으로 생각할 수 있었다. 하지만 연속되는 실수와 실패는 자신을 스스로 궁지에 몰았다.

시간이 약이라는 말이 있다. 미숙한 풋내기에게는 숙성의 시간이 필요하다. 이제는 안다. 세상에는 나만의 속도가 있었다. 내 속도가 달라서 누군가의 기대를 저버릴 수도 있다. 괜찮다. 내가 배운 사실 하나는 세상 모든 사람의 기대에 부응할 필요는 없다는 것이다. 중요한 건 자신을 믿고 기다릴 줄 아는 마음이다.

속도를 쫓으며 더 빠른 취업, 큰 회사 간판만 보고 옮겨 다니면서 정작 나는 방황했다. 방향을 잃은 채 좌초되었고, 천천히 시작한 것만도 못한 결과가 됐다. 남은 건 실패로 얼룩진 황폐해진 마음뿐이었다.

지금은 내가 해보고 싶은 일, 내가 도전해보고 싶었던 일을 시작했다. 31살에 새로운 업계에서 적응하느라 힘들지만 스스로 더 가치 있는 삶을 살고 있다고 생각한다. 모두가 힘을 합쳐 회사를 키워나가는 보람. 퇴근 후 저녁이 있는 삶. 일의 안팎으로 믿을 수 없을 만큼 만족감을 느낀다. 비로소 누군가의 기대와 기준에서 벗어나 나만의 속도로 살고 있다고 느낀다. 누구 하나 실망 좀 하면 어떤가. 이게 내 속도인데.

미움받기

첫 만남

그해 말 나는 새로운 둥지로 몸을 옮겼다. 의류 패션 회사에서 매장을 관리하는 자리였다. 발령받은 매장은 번화가에 자리하고 있었다. 입구에는 화려한 포스터들이 어지러이 붙여져 있었다. 2층 규모 매장에는 관리자들을 포함해 4~50명의 직원들이 교대 근무했다. 매일 오전 10시부터 밤 10시까지였다.

갓 입사한 나는 말단 자리였다. 맡은 일 대부분은 AR(아르바이트생)들과 함께하는 현장 업무였다. 인력 관리 업무도 겸해야 했기에 20~30분 일찍 출근해야 했다. 직장은 집과 거리가 있는 편이라 9시까지 출근해야 할 때면 7시에는 집을 나서야 했다.

어스름하게 떠오르는 해를 맞으며 매장에 도착하면 아직 새벽 냄새가 남아 있는 것 같았다. 매장 입구에는 항상 성인 남자 몸통만 한 상자가 1열로 줄지어서 있었다. 그 모습이 마치 박스와 먼지로 둘러싸인 숲 같았다.

칼로 상자를 찢고 안에 있는 재고를 종류별로 정리한다. 그리고 필요한 재고만큼 빼내서 포장을 뜯는다. 비닐을 찢으면 옷 곳곳에 있는 플라스틱과 종이, 방부제 먼지들이 줄줄이 나온다. 몇 개만 뜯어도 테이블에는 쓰레기들이 산더미처럼 쌓인다. 쓰레기통을 몇 번이나 비우고 다시 담아야 했다. 정리하고 남은 건 창고로 옮겼다.

의류 매장에서 박스 넣는 일은 절차와 규칙이 있었다. 새로운 재고를 들여놓을 때면 단말기 하나를 들고 들어가야 했다. 박스 위치를 등록하기 위해서다. 상품 바코드를 찾아서 등록하는 작업은 생각보다 고되다. 상품을 뒤져서 바코드를 찾아야 하는데 그럴 때마다 박스에 손톱이 찢어지고, 몸은 금방 먼지투성이가 된다.

재고 정리가 끝나면 본격적인 매장 업무를 시작했다. 플로어 업무는 상품 진열상태를 관리하고 재고 수량을 유지하는 작업이다. 이 업무는 매장이 마감할 때까지 계속된다. 왜냐하면 고객들의 손에 닿은 옷들이 끊임없이 어질러지기 때문이다.

진열대 위에 옷들도 규칙대로 정리되어 있다. 스몰, 미디움, 라지 사이즈별로 석 장씩 배치되어 있다. 폴딩된 옷들은 티셔츠, 셔츠, 니트, 바지에 따라 정해진 방식대로 접어야 한다. 옷걸이에 걸려 있는 옷들은 단추가 모두 채워져 있어야 하며, 지퍼도 끝까지 잠겨 있는 상태여야 한다.

고객의 손이 닿으면 어김없이 헝클어지고 직원의 손이 닿으면 제 모양으로 돌아갔다. 그러므로 업무 시간은 고객과 직원의 균형을 겨루는 일이었다. 그래서 관리자부터 아르바이트생까지 부지런히 움직여야 겨우 완벽한 상태를 유지할 수 있다. 매장에 불이 켜지고 꺼지는 순간까지 보이지 않는 직원의 수고와 노력이 있다.

의류 매장에서 업무들에 하나 둘 적응해갈 무렵, 내 위로 함께 일하게 될 관리자가 새로 온다는 이야기를 듣게 되었다. 이유를 물어보니 예전에 함께 근무를 했던 사람이었단다. 퇴사를 했다가 이번에 재입사하면서 다시 돌아온 것이다.

　바쁜 매장에 관리자 한 명이 충원되는 일은 나 역시 반가운 소식이었다. 하지만 내 기대와 다르게 그녀와의 첫 만남은 유쾌하고 즐겁지 않았다.

회사 소식지에 실릴 인터뷰를 촬영하고 있다.
신입사원 중 세 명만 선정했는데 그중 한 명으로 선정된 것이다.

고등학교 때부터 아르바이트로 일을 시작했던 은정은 일머리가 있다는 소리를 제법 들었다. 졸업 후 대학교를 가지 않은 그녀에게 지점장은 현장 공채로 입사하는 걸 제안했다. 매장 아르바이트생을 정규직 관리자로 채용하는 제도였다. 옷을 좋아했고, 뚜렷한 진로가 없었던 은정은 흔쾌히 제안을 수락했다. 월급도 오르고 좋아하는 일을 계속할 수 있다는데 거절할 이유가 없었다.

처음에는 유명한 기업에 정규직으로 일한다는 사실이 기뻤다. 시간제로 일할 때는 몰랐던 관리자 업무도 배웠다. 분기마다 하는 본사 교육에서 동기들 선배들과 사귀며 즐거운 나날을 보냈다. 은정은 일을 하면서 하고 싶은 일도 생겼다. 매일 마네킹에 옷을 입히면서, 더 예쁜 코디로 입히고 싶었고, 실제로 자신이 입힌 옷들이 잘 팔릴 때면 큰 보람을 느꼈다. 그러다 이런 일을 전문적으로 하는 VMD(Visual Merchandiser)라는 직무가 있다는 사실을 알게 됐다. VMD

는 신상품을 현장에서 더 잘 팔 수 있도록 표준화된 코디와 진열 가이드를 제공하는 직업이었다.

하지만 이 일을 하기 위해서는 매장을 떠나야 했다. 정들었던 매장을 떠나야 하는 건 마음 아팠지만 처음 생긴 목표라 도전해보고 싶은 마음이 컸다. 다행히 지점장은 그녀의 꿈을 지지해주었다. 그는 시험과 면접을 준비할 수 있도록 배려해줬다. 그 덕분에 은정은 내실 있게 직무 전환 시험을 준비할 수 있었고 결국 최종 합격할 수 있었다.

그런데 막상 새로운 일을 시작하자 VMD 일은 그녀의 생각과 달랐다. 부서는 항상 인력이 부족했고 몸을 갈아 넣어야 하는 살인적인 스케줄을 소화해야 했다. 10명도 안 되는 인력들이 전국 매장을 다니며, 진열 상태를 점검했다. 부산으로 갔다가 그다음 날은 속초로 가는 날도 있었다.

체력이 한계에 부딪히자 몸이 조금씩 고장 나기 시작했다. 회사에 이런 어려움을 토로해도 변하는 건 없었다. 몸이 힘들어지니 열정도 식어갔다. 이제 더 이상 VMD 일이 즐겁지 않았다. 그렇게 은정은 회사에서 뛰쳐나왔다. 어딜 가나 여기보다 나으리라. 하지만 회사 밖은 생각보다 혹독했다. 고졸인 그녀를 받아주는 곳은 없었다. 운 좋게 합격한 회사들도 몇 군데 있었지만, 그마저도 그녀 마음에는 들지 않았다. 규모 있는 회사에서 다녔던 탓에 눈이 높아졌기 때문이다.

은정은 결국 다시 돌아올 수밖에 없었다. 재입사를 하자 조건은 이전보다 더 열악해졌다. 회사는 우선 1년 단위로 재계약을 하자고 제안했다. 한 번 퇴사했던 사람들은 이렇게 관리한다는 말에 그녀는 계약서에 사인을 할 수밖에 없었다.

그렇게 돌아온 매장, 그곳에는 공채로 들어온 신입사원 남자가 있었다. 그는 대졸자 공채 전형으로 들어온 사람이었다. 남자는 은정이 3년 걸려 진급했던 직책이었다. 게다가 들리는 말에 따르면 저 남자는 1년 뒤 진급하면 자신과 같은 직급이 된다. 그런데 일하는 걸 보고 있으면 기초적인 업무도 간신히 해내고 있었다. 은정은 생각했다.

'자격도 없는 게.'

그런데 출근한 어느 날 이게 무슨 일인가. 안 그래도 못마땅하게 생각한 남자 직원이 말도 안 되는 짓을 하고 있었다.

고객이 지나다니는 길목을 틀어막고 재고를 정리하고 있는 것이다. 영업시간에 제품이 널려있는 상태. 손님의 동선을 가로막은 행위. 전부 운영 가이드에서 엄격히 금지하는 일이었다. 은정의 입에선 자신도 모르게 새된 소리가 튀어나왔다

"누가 이렇게 하라고 그랬어요!"

그 남자의 이유

누가 이렇게 하라고 그랬어요! 머리 위에서 누군가가 소리를 빽 질렀다. 나는 어안이 벙벙했다. 고개를 들어보니 신경질적으로 생긴 여자가 나를 내려다보고 있었다. 기억을 더듬어봤지만 처음 보는 얼굴이었다. 불쾌했다. 나중에야 그녀가 새로 온 관리자라는 걸 알게 되었다.

첫인상이 나빴던 탓일까. 은정이 나보다 나이가 어리다는 사실을 들었을 때 생각했다.

'나이도 어린 게.'

비록 의류매장은 처음이지만 적응만 하면 은정보다 일을

잘할 거라 생각했다. 가전 매장에 2년간 근무한 자신감 때문이었다. 실제로 시스템의 형태가 비슷했다. 결제는 메인 포스기로 진행했고 옆에는 카드 단말기가 존재했다. 재고는 매주 목~금요일에 늦어도 월요일까지 반영되어 매장 앞에 도착했다.

"결제는…."

"이렇게 하는 거 아니에요?"

"맞아요! 잘 알고 계시네요?"

"재고는…."

"이렇게 넣고 발주 버튼 아닌가요?"

비슷한 업계에 경험과 지식이 있으니 뭐든 곧잘 따라 했고 인정도 받았다. 그러다 보니 마음속에서 자만심이 스멀스멀 올라왔다.

'뭐야, 비슷하네.'

그렇게 제대로 된 시스템을 배우려 하지 않고 전부 안다고 생각했다. 그 안일한 생각 때문에 결국 사고가 벌어졌다.

어느 날 메인 포스가 먹통이 되는 일이 있었다. 관리자를 호출하는 무전을 받고 계산대로 달려가니 이미 그곳은 결제를 기다리는 고객으로 가득했다.

"은정 씨는요?"

"아까까지 있었는데…."

방법을 찾으러 가겠다는 은정은 한참이 지나도 오지 않았다. 그때 나는 메인 포스기 옆에 카드 단말기가 보였다.

"이거 쓰면 안 돼요?"

가전 매장에서 누구보다 능숙하게 다뤘던 기계였다. 대기 시간이 길어져 불편해하는 고객들이 많았기 때문에 나는 카드 단말기로 상품 결제를 시작했다. 그때 은정은 본사에서 답변을 듣고 복귀하는 중이었다. 멀리서 카드 단말기로 결제하고 있는 내 모습을 본 그녀는 사색이 된 채 달려오면서 소리쳤다.

"무슨 짓이에요!"

은정은 득달같이 화를 냈다. 이 회사는 카드 단말기를 사용하면 안 되는 곳이었다. 메인 포스기가 아닌 다른 단말기로 결제하면 데이터는 분류가 되지 않은 채 본사 서버로 넘어가게 된다. 그러고 나면 결제 정보는 어느 매장 매출인지 확인도 안 되고 취소하기도 힘들어졌다.

"이거 누가 써도 된다고 했어요? 카드 단말기 쓰면 안 돼요!"

"잘못 결제했으면 취소하면 되잖아요."

"그게 안 된다고요. 알지도 못하면서 왜 마음대로 하는 거예요. 익준 씨가 결제한 두 제품 이제 매출 확인도 안 돼요. 나중에 교환 환불을 요청하러 와도 구매 이력 확인도 안 된다고요!"

나는 아는 범위 안에서 임의로 일을 처리했고 은정은 그런 실수를 이해할 수 없었다. 나는 몰랐다고 변명했고 은정은 관리자라면 몰라선 안 됐다고 선을 그었다. 그렇게 서로 감정의 골이 깊어졌다.

어느 날은 청바지 진열대를 새로 구성하는 과업을 받게 되었다. 나는 근무 시간 안에 주어진 목표를 완수하기 위해 매달렸다. 그런데 지점장과 다른 관리자들 눈에는 가장 바쁜 시간에 쓸데없는 일에 목을 매고 있는 모습으로 보인 모양이었다.

"지금은 매출이 가장 나올 시간이에요. 청바지 작업 멈추고 재고 필업 해주세요."

일을 시켜놓고 갑자기 무슨 일이란 말인가. 요청받은 일은 하루 매진하며 끝낼 수 있는 일이었다. 그런데 이 시간에는 이게 더 중요하고, 저 시간에는 이걸 해야 하고. 각자 중요하다고 하는 일들이 많아서 차일피일 미뤄졌고 결국 2주일이나 걸려서 끝낼 수 있었다.

이 회사의 업무처리 방식에는 결정적 차이가 있었다. 가전 매장은 일 하나를 맡으면 책임감을 느끼고 끝까지 처리하는 게 기본이었다. 그런데 교대 근무하는 의류 매장은 아무리 바빠도 피크 타임에는 하는 일 내려놓고 바빠 보이는 일부터 도와주는 유연함이 필요했다. 일을 다 처리하지 못해도 다음 근무자에게 인수인계할 수 있기 때문이다.

나는 불필요한 인수인계 과정을 이해할 수 없었고 관리자들 눈에 나는 자기 업무만 우선시하는 고집스럽고 이기적인 사람처럼 비쳤다.

사람은 결국 자신의 양팔을 쭉 펼친 만큼의 영역으로 세상을 보고 이해한다. 그래서 어쩔 수 없는 오해와 의견 차이가 생겨난다. 만약 그 순간 소통이 아닌 침묵을 택한다면 그 관계는 돌이킬 수 없는 방향으로 흘러가 버린다. 은정과 나는 침묵을 택했고 끝까지 서로를 이해할 수 없는 관계가 되었다.

도망치듯 퇴사하다

닿지 않는 마음

두 사람의 사이는 날이 갈수록 나빠졌다. 그리고 가장 큰 피해를 본 건 나 자신이었다. 그녀는 몇 년간의 경력을 가지고 있었고 여러 매장에서 근무한 경험까지 있었다. 지점장을 포함한 관리자들과 두터운 친분도 있었다.

숨긴다고 숨겼지만 나의 적개심 어린 말투가 그녀에 심기를 여러 번 건드렸을 무렵, 은정은 관리자들에게 나에 대한 안 좋은 이야기들을 퍼트리기 시작했다.

은정의 말에 따르면 나는 아는 것도 없으면서 배우려고 하지도 않고 자기 방식대로 고집을 부리는 사람이었다. 그녀의 말은 사실이었다. 나는 은정을 한 번도 선임이라고 생각하지 않았다. 그래서 은정의 지적을 인정하지 않았고 말 한마디 한마디에 기분 나빠했다.

하지만 결과만 놓고 본다면 그녀가 제시한 길이 결국 옳았다. 이곳은 가전 매장과 아예 다른 환경이었다. 의류매장에서의 내 경험은 쓸모가 없었다. 아니 오히려 발목을 붙잡았다. 어쭙잖은 지식과 경험으로 아는 척했고 그 행동들은 실수를 낳았다. 나중에는 내가 뭘 해도 못 믿게 되어버렸다. 신뢰가 깨진 것이다.

결국 나는 그녀와의 대결에서 패배했음을 인정해야만 했다. 하지만 이 상황을 만회할 기회가 있었다. 진급 시험이었다. 이 시험에서 합격하게 된다면 다양한 선택지가 생긴다.

진급하는 순간부터 본사 사무직을 지원할 수 있었다. 어떤 직무를 신청하든 매장을 떠날 수 있게 된다. 만약 매장에 남게 되더라도 은정과 같은 직급이 되기 때문에 맞서 싸울 힘이 생긴다. 그렇다. 이 시험은 내게는 반드시 붙어야만 하는 시험이었다.

매장에서 진급 시험을 준비하는 사람이 나만 있는 건 아니었다. 시험 대상자 4~5명 정도 되는 직원들도 함께였다.

매장일을 하면서 시험을 준비하는 과정은 정신적으로 육체적으로 고되므로 같은 처지의 사람들끼리는 꽤 돈독해졌었다.

그런데 시험이 얼마 남지 않은 어느 날, 퇴근하고 탈의실로 올라가는데 웬 기출문제가 바닥에 떨어져 있었다. 주워들어 보니 한창 공부하고 있는 내용이었다. 진급시험에 나올 수 있는 족보들을 짜깁기한 프린트물이었다. A4 용지 위에는 시험지의 주인 이름이 적혀 있었다. 나는 그를 찾아가 물었다.

"이런 건 어디서 난 거예요."

"지점장님이랑 은정 씨가 준비해줬어요. 익준 씨는 못 받았어요?"

이 회사에는 공공연하게 공채들끼리의 기 싸움이 있다는 이야기를 들은 적 있었다. 지점장과 은정은 자신과 같은 현장 공채 직원들에게만 별도의 교육을 해주고 있던 모양이었다.

애써 마음을 다잡았다. '반드시 합격해야겠다. 이 사람들보다 더 높이 올라가서 더 오래 다녀야겠다.'라고 다짐했다.

1차 시험을 쳤다. 문제는 예상을 빗나갔다. 시험의 변별력을 위해 끼워서 맞추기식으로 문제를 출제한 탓이었다. 다행히도 합격선은 간신히 넘길 수 있었으나 2차 시험이 문제였다. 1, 2차 평균 점수가 90점이 나와야 하는데 1차 시험 점수가 80점이 나왔기 때문이다. 남은 2차 시험에서 단 한 문제도 틀려선 안 됐다.

그렇게 매장 일과 함께 마지막까지 최선을 다했다. 그리고 나는 불합격했다.

내가 시험에 떨어지자 거짓말처럼 매장에서 은정의 위상은 날개가 돋친 듯했다. 그녀는 1년 계약 연장을 따냈고 진급을 했다. 그리고 얼마 지나지 않아 최고 관리자까지 되었다. 은정은 자신을 보필할 관리자를 세 명까지 구성할 수 있게 됐다. 그녀는 세 명 중 한 명의 자리에 나를 앉혔다.

은정은 말했다.

"이제까지는 신경을 못 써준 것 같아요. 이번 기회에 제대로 키워보고 싶어요."

실제로 그녀는 그 이후 정말 잘 대해줬다. 관리자 업무를 세세하게 알려줬고 실적을 낼 기회도 줬다. 하지만 나는 선의로 받아들일 수 없었다. 은정에 대한 감정이 상해있던 나는 그녀의 호의가 승자의 자비처럼 느껴졌다. 은정이 베푸는 기회로 회사에 다니는 기분이었다. 그래서 그 해가 가기 전에 나는 도망치듯 다른 회사를 알아볼 수밖에 없었다.

우리 둘 사이의 틈은 끝까지 메울 수 없었다. 왜 우리는 끝까지 가까워질 수 없었을까. 회사의 채용 시스템, 그녀의 자격지심, 나의 오만했던 태도, 서로에 대한 감정, 갈등 혹은 내가 알지 못하는 이유까지. 무엇 하나 확실하게 꼬집을 수 없다. 이렇게 어떤 미움은 정확한 이유도 모른 채 끝까지 해결되지 않을 때도 있다. 모든 오해는 시간 앞에서 해결되길 바라겠지만 살다 보면 그렇지 않은 날들이 더 많다는 걸 느낀다.

나는 이따금 상상 속 시간을 되돌려 본다. 내게 있어 의류 매장에서의 일들은 지금도 매듭지어지지 않은 실타래였다. 하지만 몇 번을 되풀이해도 상황이 더 나아지리라는 확신은 없다. 사람의 관계를 구성할 때는 우리가 아는 것보다 훨씬 많은 요인이 작용한다. 그 모든 것들을 혼자 통제하는 건 불가능하다.

누구 하나의 잘못이 아니며, 하나의 과오를 바로잡는다고 달라졌을 상황도 아니었다. 결국 상황과 감정 속에 충실했던 사람들이 있었을 뿐이다.

결국 우리가 더 나은 미래를 위해 가져야 할 마음가짐은 매듭짓지 못한 과거에 연연하지 않고 실패한 인간관계도 있음을 인정하고 앞으로 나아가는 게 아닐까.

괜찮아,
그럴 땐 도망쳐야지

고래 싸움에 등 터지다

그해 여름 나는 다시 가전 회사로 돌아왔다. 처음 발령받은 날은 몹시 더웠다. 매장은 새로 오픈한 아울렛 안에 있었다.

처음 발령받은 곳과는 비교도 안 될 정도로 세련되고 깨끗한 환경이었다. 이제는 돌아갈 수 없는 과거의 향수를 느끼며 매장을 살폈다.

야외주차장과 연결된 본관 옆 별관에 있었다. 가구와 가전 매장 그리고 옥상에 애견 산책로를 이용하는 고객들만 이용하는 건물이었기에 한산한 분위기였다.

매장은 규모에 비해 직원이 많았다. 이전에 다녔던 회사와 관리 시스템이 달랐기 때문이다. 우리 매장은 A 브랜드 직원 세 명, B 브랜드 직원 세 명, 휴대폰 판매 직원 두 명, 정직원 세 명에 지점장까지 포함해 열두 명으로 이뤄져 있었다.

눈치챘겠지만 매장에는 정직원과 브랜드 직원이 따로 존재했다. 영업은 브랜드 직원들이 했고 정직원들은 영업 지원 업무를 맡았다.

가전 매장에서 영업 지원 업무라고 할 게 뭐가 있는가. 이전 회사에서 가장 큰 규모의 G등급 매장에서도 1명의 경리가 지원 업무를 전부 처리했었다. 지금 매장에는 정직원이 셋이나 있으니 비교적 일이 수월할 것 같았다.

하지만 업무 분담에는 이유가 있었다. 이 회사의 전산은 99년도 전산망을 유지 보수해서 쓰고 있었다. 그래서 계약서 대부분을 수기로 관리했다. 전산 하나 때문에 업무 리소스가 증가했고, 정직원들이 영업 지원 업무를 도맡을 수밖에 없는 상황이었다.

지점장의 이름은 '이완'이었다. 나는 그를 처음 봤을 때 깜짝 놀랄 수밖에 없었다. 얼굴부터 체형까지 예전에 있던 성필 지점장과 똑같이 생겼기 때문이다. 외형뿐 아니었다. 이완 지점장 역시 매니저 시절부터 영업 잘하기로 유명했고 성격도 비슷했다.

"왜 못 파는 거야!"

"저리 비켜. 넌 오늘부터 상담 들어가지 마."

그의 고약한 성격은 이미 회사에서도 유명했다. 매장은 이미 지점장의 눈치를 살피기 바빠 보였다.

진원 팀장은 까무잡잡한 피부에 부리부리한 눈이었다. 소싯적에 인기가 많을 것 같은 인상이었다. 하지만 업무로 지쳐 눈 밑은 퀭했고 날렵했던 턱선은 사라진 상태였다. 그는 본사에서 요청하는 대부분의 행정 업무를 담당했다. 매장에서 가장 바쁜 사람으로 출근해서 퇴근할 때까지 책상에 앉아 일을 처리하기 바빠 보였다. 민수 매니저는 1년 전에 입사했고 군대 기수로는 나보다 1년 후배인 사람이었다. 운동한 사람처럼 다부진 체격이었지만 목소리가 얇고 성격이 소심했다. 그는 내가 오기 전까지 대부분의 잡무를 도맡아 했다. 착한 성격 탓에 싫은 소리를 못 하고 해줄 필요 없는 일까지 도와주느라 영업을 제대로 못 배운 상태였다.

앞으로 두 사람을 도와 영업 지원 업무를 도와주면 될 것이다. 하지만 일은 그리 쉽게 흘러가지 않았다.

팀장에게 들은 바로는 매장에는 작은 문제가 있었다. A 브랜드 직원과 정직원과의 기 싸움이었다. 이완 지점장은 사실 A 브랜드 직원으로 시작해서 정직원으로 전환한 사람이었다. 그리고 지금 이 매장에 있는 A 브랜드 직원들은 그가 처음부터 같이했던 동료들이었다.

함께한 세월만큼이나 서로 손발이 잘 맞았겠지만, 그 기간이 5년이 넘어가면서 문제가 생겼다. 그들에게 지점장이 너무 편해져 버린 것이다. 브랜드 직원들의 업무 태도는 날로 불량해졌고 정직원과의 기 싸움도 서슴지 않고 벌였다.

나도 얼마 지나지 않아 그들의 태도를 목격하게 되었다. 매장에는 여러 사람의 도움이 필요한 작업이 있다. 청소와 재고를 옮기는 일이었다. 그런데 손이 필요한 상황에도 A 브랜드 직원들은 귀신같이 자리를 피하거나 요청을 못 들은 척했다. 그리고 한 번은 내게 대놓고 이런 말을 늘어놓기도 했다.

"스타크래프트 해보셨어요? 커세어가 미네랄을 캐지 않잖아요?"

잡일은 하지 않겠다는 말이었는데 그렇다고 영업을 잘하

느냐. 그렇지도 않았다. 매장은 내부에서부터 위기를 맞이하고 있었다.

매장의 문제

지점장은 자주 밖으로 나갔다. 판매가 부진할 때, 상사의 전화를 받을 때, 개인적 사정으로 게임 레이드 시간이 될 때도 밖으로 나갔다. 그는 입에 담배를 물고, 한 손에는 휴대전화를 든 채 온종일 건물 밖을 돌아다녔다.

브랜드 직원들도 담배를 피우러 나갔다. 판매가 잘 안될 때, 심심할 때, 주식이나 코인 장을 볼 때 나갔다. 그들 또한 온종일 아울렛 밖을 나돌아 다녔다. 손님이 밀어닥치고 있을 때, 받아야 하는 재고가 왕창 들어올 때에도 무단으로 자리를 비웠다.

그 덕에 팀장을 비롯해 정직원들은 출근해서 퇴근할 때까지 눈곱 뗄 새 없이 바빴다. 매장 업무를 하면서 고객이 오면 자리를 비운 브랜드 직원들을 대신해서 판매까지 해야 했다.

정신을 차려보니 매장 매출은 1~3등이 정직원들이었다.

많이 팔아도 득이 될 게 없었다. 판매된 제품의 인센티브는 파견된 브랜드 직원들이 가져가기 때문이었다.

곰은 재주가 부리고 돈은 되놈이 버는 격이었다. 우리는 지점장에게 이 못마땅한 구조에 대해 불만을 토로했다.

지점장도 사태의 심각성은 느끼고 있었다. 하지만 그가 무슨 이야기를 해도 앞에서만 듣는 시늉을 하고 뒤돌면 달라지는 게 없었다.

"너희들 요즘 진짜 너무한 거 아니냐. 출근해서 왜 영업을 안 하는 거야."

시간이 지나고 정직원과의 대립이 심해지자 A 브랜드 직원들은 더욱 겉돌기 시작했다. 밖에 나가서 담배 피우는 시간이 길어졌다. 자연스레 영업할 기회를 놓쳤고 정직원과의 매출 격차는 더 벌어지게 되었다.

이완 지점장

이완 지점장은 고민이 많았다. 새로 매장을 개점하면서 데려왔던 멤버들이 문제였다. 오랫동안 손발을 맞춰왔던 터라 도움이 될 줄 알았는데, 오히려 독이 되었다. 그들은 자신과의 오랜 인연을 내세워 매장의 물을 흐리고 있었다.

그 무렵 경력직 신입사원 하나가 들어왔다. 첫날부터 당당하게 대형 가전을 상담하러 가는 모습에 적잖이 놀랐다.

"조금 더 깎아주면 살 것 같은데 혹시 추가 할인은 힘들까요?"

아직 카드 할인부터 다품목 할인까지 제대로 배우지 않은 녀석이 할인을 들먹이는 걸 보고 화가 치밀어올랐다.

"네가 그런 걸 어떻게 아는데."

그런데 이게 웬걸 신입이 대형 가전을 팔아왔다. 조회 시간에 신입의 매출을 언급했다.

"어제 신입사원이 매장 매출 1등 했다. 너희는 출근해서 뭐 하는 거냐."

그 말을 듣던 A 브랜드 직원들의 얼굴이 붉어졌다. 판매 조금 한다고 거들먹거리던 녀석들도 한 방 얻어맞은 모양새였다.

이완 지점장은 생각했다. '신입사원은 매장에 새로운 자극이 될 수도 있겠다.'

지점장의 계획

나는 신기한 경험을 하는 중이었다. 매장에 영업할 사람이 없어서 어쩔 수 없이 상담을 들어갔다. 2년 가까이 손을 놨던 가전 영업이었다. 그런데 고객을 마주하자 예전의 기억과 화법들이 자연스레 나오는 것이다. 나는 그렇게 첫 달부터 판매에 두각을 드러냈다.

눈에 띄는 매출을 기록하자 지점장은 이제서야 내가 궁금해진 모양이다.

"전에 어디서 근무했다고?"

매일 심각한 표정으로 매장 밖을 돌아다니던 사람이었다.

그런데 처음으로 눈을 마주치고 심문하듯 나에 관해 물어보기 시작했다. 마지막에 그는 본론을 꺼냈다.

"너 다음 달에 얼마나 할 수 있어."

"7천만 원 해보겠습니다."

"7천만 원? 그래, 내가 도와줘 볼 테니 한 번 해봐라. 만약 달성하면 내가 너 책임지고 밀어준다."

그는 내가 매장에 새로운 활력을 가져다주길 바라고 있었다. 그 후 지점장은 대놓고 나를 밀어주기 시작했다. 손님이 들어오면 항상 나를 먼저 붙여줬다.

"익준, 네가 가서 상담해."

영업에 집중할 수 있게 업무도 조정해줬다. 상담 건수는 늘어갔고 자연스레 매장 내 매출 순위가 올라가기 시작했다. 그리고 발령 2개월 만에 지점장과 약속했던 7천만 원 매출을 달성했다.

7천만 원이라는 목표를 달성하자 지점장의 속내가 드러났다. 그는 그때부터 조회 시간에 브랜드 직원들을 세워놓고 대놓고 비교하기 시작했다.

"얘 입사한 지 2개월 만에 얼마 팔았는지 아냐? 7천만 원 이야. 신입도 매출하는데 너네는 출근해서 뭘 하는 거야? 이 번 달까지 얘보다 못 팔면 그냥 나가라. 집에 가 그냥."

나는 속에서 식은땀을 흘렸다. 옆을 돌아보니 그의 발언은 잘 먹힌 모양이었다. 물론 안 좋은 방향으로. 브랜드 직원들 은 살기 등등한 눈빛으로 나를 노려보고 있었다.

'네가 감히?'라는 표정이었다.

그 옆에 있는 정직원들 표정도 한껏 구겨져 있었다. 영업 에 집중하라고 배제한 업무들을 팀장과 민수 매니저가 도맡 아 해야 했기 때문이다.

영업에 집중하니 정직원, 브랜드 직원들 모두에게 안 좋은 상황이 벌어진 것이다. 이완 지점장은 이 상황을 중재할 생 각도 없었다.

결국 나는 두 진영에서 원치 않는 미움을 받게 되었다. 괜 히 고래 싸움에 끼어서 등 터지게 생긴 것이다. 슬프게도 우 리는 언제나 새우 신세였다. 이용만 당하고 억울하게 등이 터지는 새우. 하지만 이번만큼은 등이 터지는 새우가 되기

싫었다. 그래서 끝까지 저항하기로 해봤다. 새우는 새우만의
생존법이 존재한다.

당시 신입사원들을 대상으로 3개월 평균 매출이 가장 높은 사람에게
시상금을 지급하는 행사가 있었다.

②

기 싸움

어느 날 A 브랜드 선임 배영 매니저로부터 저녁 초대를 받았다. 커세어, SCV 같은 비유를 하며 나를 거들떠보지도 않던 사람들이었기 때문에 놀랐다.

매장 뒷정리를 마치고 넘어갔을 땐 이미 거하게 술판을 벌이고 있었다. 이미 술기운이 올라온 배영 매니저는 나를 보더니 반갑게 손을 흔들며 반겼다.

"여기 내 옆에 와서 앉아."

자신의 옆자리에 앉히고 술잔에 술을 가득 따랐다. 그리고는 사람 좋은 미소를 지어 보이며 말했다.

"앞으로 잘해보자. 편하게 형이라고 불러."

꽤 큰 비용이 나왔음에도 그들은 자비까지 써가며 술을 사줬다. 의문스러운 호의는 B 브랜드 직원들에게서도 받게 되었다. 그들은 업무 시간마다 찾아와 요청한 적도 없는 것들을 건네주곤 했다.

"이번에 사은품 나온 건데 너 써."

그들의 노골적인 행동은 진원 팀장의 눈에도 보인 모양이었다. 팀장은 나를 자기 자리로 불러서 그들의 진짜 속내를 알려주었다.

"지금 익준 매니저 매출이 많이 올라온 상황이에요. 그래서 자기네들 것 위주로 팔아달라고 저러는 거예요. 자기 말 안 들어주면 나중에 뒤에서 욕할 사람들이에요. 잘해준다고 속지 마세요."

매장 일도 제대로 안 도와주고 영업만 하는 모습이 얄미울 법도 한데 상처받을까 봐 알려주는 진원 팀장의 마음이 고마웠다.

그러는 한편 A 브랜드 직원들의 행동이 괘씸했다. 매장 분위기는 분위기대로 흐리고 매출을 잘할 것 같으니까 자신의 브랜드를 많이 팔아달라는 청탁을 한 셈이다.

그들에게 휘둘릴 이유는 없었다. 나는 이전 가전 회사 때부터 B 브랜드만 전문적으로 팔아왔기 때문에 한 달 간 B 브랜드만 팔았다.

그러자 A 브랜드 영업자 세 명은 제대로 뿔이 났다. 잘 지내보자고 술까지 사 먹였는데 나는 정작 B 브랜드 매출만 올려줬기 때문이다.

브랜드 판매 비중을 의미하는 MS(Market Share) 비율은 파견 직원에 성과급과 직결됐다. 목표 비중을 미달성하게 되면 월급 감봉 수준의 페널티가 있었다.

이 매장은 지점장의 비호 아래 오픈 이래로 B 브랜드가 A 브랜드를 앞지른 적 없었다. 그런데 내가 판매에 가세하면서 처음으로 그 수치가 역전된 것이다. 그들은 월말 부진 회의까지 다녀왔던 모양이다. 그 때부터 배영 매니저들의 태도는 돌변했다.

전산 문제로 물어보려 했는데 평소와 다르게 A 브랜드 담당자들이 싫은 소리를 쏟아내기 시작했다.

"잘 알지도 못하면서 왜 파는 거예요?"

"그거 팔 바에야 이렇게 해서 팔겠다."

"그 제품 팔 바에야 이 제품 팔겠다."

질문 하나에 30분씩 투덜거리기 시작했다. 어느 날에는 등 뒤에서 자기들끼리 속닥거리고 기분 나쁘게 웃어대기도 했다. 내 말투나 실수한 일을 따라 하다가 들킨 적도 있었다. 계속해서 신경을 긁어 대는 그들을 보며 참 얄팍하고 유치하다고 생각했다. 원치도 않은 선의를 베풀고 이만큼 해줬으니 그에 상응하는 걸 내놓길 바랐다. 자기 마음대로 움직여주지 않자 은혜를 모르는 놈, 싸가지없는 놈으로 매도하며 비난했다.

그들의 행동을 보고 있으니 예전 기억이 떠올랐다. 공개적으로 망신을 주던 팀장, 현장에서 철저히 나를 고립시키던 은정 담당의 얼굴들이 스쳐 지나갔다. 그리고 틀어져 버린 관계를 앞에 두고 어떻게 해결할지 몰라 허둥댔던 과거의 내가 있었다.

시간이 지나면 지나가는 거라고, 잊히는 거로 생각했다. 하지만 나는 여전히 과거에 붙잡혀 있었다. 떨쳐내지 못한 과거는 이름만 바뀐 채 다시 찾아왔다.

결국, 도망친다고 달라지는 건 없었다. 스스로 이겨내야만 다음 걸음을 내디딜 수 있었다. 나는 이번에는 도망치지 않기로 했다. 맞서 싸워보기로 했다. 끝까지 가면 무슨 일이 일어나는지 눈으로 지켜보고 싶었다.

다른 사람의 평가가 나의 자존감을 깎아내리게 두지 않았다. 실체 없는 말로 중심이 흔들리지 않도록 일에 집중했다.

고객과 상담하면 누가 시키지 않아도 가망 고객으로 등록하고 끝까지 추적해서 관리했다. 그 결과 매장이 아무리 한가해도 내가 상담할 고객은 한 명씩 있었다. 영업에 집중하는 사이 매장 관리 일은 소홀할 수밖에 없었다. 어느 날은 청소 시간에 찾아온 고객과 상담하느라 때를 놓쳐버렸다. 뒤늦게 일을 마무리하고 청소 구역으로 뛰어갔는데 A 브랜드 직원들이 땀을 뻘뻘 흘려가며 청소하고 있었다. 지점장에게 한소리를 듣고 억지로 하는 모양새였다. 나는 갑자기 실소가 터져 나왔다.

"커세어가 미네랄을 캘 때도 있네요."

그 와중에 A 브랜드 직원들은 마지막 한 수를 감추고 있었다. 시종일관 여유로운 이유가 있었다. 그들은 매출이 밀리는 상황에서도 나를 보며 말했다.

"백날 뛰어봐라."

퇴근하기 전날 배영 매니저와 직원들이 한곳에 모여 있었다. 무슨 작당 모의를 하는 그것 같았다. 다음날 출근해서 확인해보니 수천만 원에 달하는 계약서들이 한 번에 올라와 있었다.

업자거래였다. 이 방법은 B2C 거래와 B2B 거래를 교묘히 섞은 판매로 불법과 합법의 경계 그 어딘가에 위치한 방법이었다. 회사에서 큰 행사가 있는 날에 최대 혜택을 적용해서 업자들에게 판매하는 방식이었다. 업자들은 이런 방식으로 일반 소비자보다 저렴하게 제품을 구매해서 인터넷에 판매할 수 있었다.

이 방식은 장점과 단점이 명확했다. 장점은 한 번에 큰 매출을 발생시킬 수 있다는 점이다. 단점은, 계약서를 미리 써놓고 판매하는 방식이기 때문에 반드시 프로모션 시작으로부터 2개월 이내에 제품 배송이 완료되어야 했다. 만약 기한을 넘기게 되면 혜택은 소멸했다. 업자들은 매장의 사정을 봐주지 않았다. 그래서 사고가 생기기라도 하면 본인 사비로 메우는 일이 생기기도 했다. 이런 게 쌓이고 쌓이다 카드 빚이 몇천만 원이 됐다는 사람도 있었다. 그만큼 위험한 방식이었는데 배영 매니저는 자신만만했다.

터져버린 문제

원숭이도 나무에서 떨어지는 법이라고 했던가. 그렇게 자신만만해 하던 사람들도 실수를 저질렀다. 배영 매니저가 업자거래 건에서 사고를 낸 것이다.

이 사실은 매장에 걸려 온 한 통의 전화로 알게 되었다.

"거기 매장에 배영 매니저라고 있죠? 그 사기꾼."

수화기 너머의 목소리는 몹시 흥분한 상태였다.

"주기로 한 돈이 몇 개월째 안 들어오고 있어요!"

그가 계약서의 존재를 완전히 까먹는 바람에 지급돼야 할 혜택이 사라져버렸다. 문제를 해결해야 하는 상황이었는데 업자 전화까지 무시하면서 문제는 수면 위로 드러났다. 판매

업자가 배영 매니저를 찾아 매장까지 왔고, 본사 불만 게시판에 글까지 작성해버렸다.

업자거래는 중징계 사유였다. 그런데 업자가 직접 본사에다가 항의 글까지 썼으니 배영 매니저뿐 아니라 지점장까지 문제를 피할 수 없게 되었다.

"이거 어떻게 할 거야!"

이대로라면 이완 지점장의 자리까지 위험해지는 상황이었다.

"네 돈으로 다 처리해! 잘못되기만 해봐. 가만 안 둬!"

문제를 처리하는 과정에서 지점장과 A 브랜드 직원들의 사이는 완전히 틀어지게 됐다. 이완 지점장은 대책 없는 그들의 행동에 실망했고 A 브랜드 직원들은 위기의 순간 자신들을 보호해주지 않는 지점장에게 실망했다.

배영 매니저는 그다음 날부터 무단결근을 했다. 그렇게 5년 간 함께 일해 온 관계는 허무하리만치 쉽게 끝이 난 것이다. 진원 팀장이 전화를 걸었는데 되돌아오는 건 욕설이었다.

"더러워서 못 해 먹겠다!"

그는 그 후 무책임하게 퇴사했다. 이후 남은 둘은 퇴사한 선임의 일을 처리하면서 가전 영업이라는 일에 환멸을 느낀 모양이었다. 한 명은 완전히 업계를 떠났고 한 명은 근무지 이전 신청을 하고 다른 매장으로 떠나버렸다. 한순간에 벌어진 일이었다.

그들이 떠난 매장을 둘러보며 물건들을 정리하고 있었다. 어젯밤에 급히 퇴근하느라 켜 놨던 모니터가 있었다. 그 외에도 정리하지 못한 가격표, 아무렇게나 널브러진 상담 판이 보였다. 고객과 상담할 때 쓰는 딱딱한 플라스틱 판인데 거기에는 이제 퇴사하고 없어진 A 브랜드 직원의 이름이 적혀 있었다. 나는 그 이름을 손으로 더듬었다. 한없이 미웠던 사람이지만, 사라지고 나니 빈 자리는 컸다. 매일 담배를 피우러 나가고 제대로 매출도 안 하는 사람들인 줄 알았다. 그들이 떠나고 나면 가슴이 후련할 줄 알았으나 마음이 그렇지 못했다.

남은 직원들은 한동안 그들의 빈자리를 느끼며 슬퍼했다. 내게 있어 A 브랜드 직원들은 눈에 가시 같은 존재들이었다.

하지만 다른 누군가에게는 의지하던 직장 동료이자, 친한 형이고 동생이었던 모양이다.

사람이 머문다는 것은 그 사람의 시간이 머무는 것이다. 시간이 머문다는 것은 곧 사람의 인생이 머문다는 것이다. 그러므로 함부로 그 사람의 존재를 임의로 재단하고 판단하는 것이 얼마나 오만하고 어리석은 것인가에 대해 생각해본다.

A 브랜드 직원들이 퇴사한 이후 새로 온 신입사원을 교육하고 있다.

부조리

유난히 무더웠던 여름이 지나가고 있었다. 날씨는 부쩍 서늘해졌다. 일교차로 인해 잠깐 감기에 시달렸다. 새 직원들은 이완 지점장의 성격을 버티지 못하고 그만두고 새로 들어오기를 반복하고 있었다.

몇 번의 물갈이가 이어지고 어느새 A 브랜드 직원들은 신입사원만 남게 되었다. 영업할 수 있는 전체 숫자가 줄어든 셈이다. 판매할 사람들이 줄어들자 자연스레 매장 매출 하락으로 이어졌다. 특히 A 브랜드 매출은 전례 없는 하락을 겪었다. 보다 못해 지점장이 A 브랜드 판매를 독려할 정도였다.

매장의 상황은 점점 악화되었고 지점장의 인내심은 바닥을 드러냈다. 그는 특히 나이 많은 매니저들에게 서슴없이 질타를 퍼부었다.

"이럴 거면 그냥 집에 가시라고요."

"출근해서 종일 뭐 하시는 거예요?"

그의 압박에 못 이겨 퇴사하는 직원들이 속출하면서, 몇 달이 지나자 매장 내에서 상담할 수 있는 인원은 13명 중 2~3명만 남게 되었다. 매장이 코너에 몰리자 지점장은 최악의 선택을 하고 말았다. 바로 업자거래였다. 퇴사한 A 브랜드 직원들이 하던 일을 다시 시작한 것이다.

지점장은 업자 계약서를 무분별하게 발행하기 시작했다. 매장에 내려온 혜택을 업자들에게 몰아준 탓에 일반 고객은 받을 수 있는 혜택이 줄어들었고 직원들은 할인율이 떨어진 열악한 환경에서 영업하게 됐다.

여기서 두 가지 문제가 있었다. 첫 번째. 관리 능력이 안 되는데 너무 많은 계약서를 작성한 것이다. 그는 관리해야 할 양이 자기 능력을 벗어나자 정직원들에게 관리 업무를 위임했다. 우리는 업자거래로 금전적 손해까지 보면서 퇴사한 배영 매니저를 봤기 때문에 일에 관여하고 싶지 않았다.

두 번째. 편법적인 일을 자신의 선에서 끝내지 않고 강요

했다. 그는 업자거래 건을 정직원들 이름으로 찍어주면서 말했다.

"매장도 좀 살자. 나 몇 백만 원씩 긁혀 있다. 네 매출로 처리해줄게. 좀 도와줘라!"

지점장의 제안을 거절할 수 없었다. 처음에는 한두 개의 계약서였다. 비교적 여유롭게 계약서를 정리할 수 있었고 매출이 껑충껑충 뛰는 재미도 있었다. 계약서 한 두 장만 관리해도 4,000~ 5,000만 원 매출을 확보할 수 있었기 때문이다. 하지만 시간이 갈수록 지점장의 요구는 강압적으로 변했다.

"너 잘 팔잖아."

"매출 올라서 좋잖아?"

처음에는 구슬리듯 말했으나 어느 순간부터는 일방적인 통보였다.

"네 이름으로 찍어 났다."

잘못된 곳으로 발을 내딛는 순간 알고 싶지 않아도 깨닫게 된다. 자신이 수렁에 빠졌다는 사실을. 편법은 수렁 같다. 한 번 발 디딘 사람을 한없이 밑으로 가라앉힌다. 빠져나오려

해도 쉽지 않다. 한 번 쉬운 길로 맛을 봤기 때문에 원래 방식대로 돌아가기 힘들다.

나는 결국 잘못된 선택을 했고 대가를 치러야 했다. 철저하게 관리했던 계약 건도 몇 군데에서 문제가 생겼고 혜택 누락 50만 원과 80만 원 상당의 공기청정기 2대를 자비로 해결해야 했다. 업자거래에서 얻은 성과급을 가뿐하게 상회하는 비용이었다.

혼자 살아남기

　이완 지점장이 이끄는 매장은 끊임없는 불협화음을 내고 있었다. 업자거래를 늘려 목표 달성을 시도했고 예상치 못하게 발생하는 문제는 직원들이 고스란히 감당하는 악순환을 반복했다. 구성원들은 대부분이 신입사원이라 매장을 운영하기 버거운 상황이었으나 올해는 이완 지점장의 진급을 앞둔 해이기도 했다.

　그해 겨울 이완 지점장은 자신의 라인과 인맥을 동원해서 30억 원 규모의 프로젝트를 수주하는 데 성공했다. 이 프로젝트는 대규모 지원을 받아 한 달 동안 30억 원 매출 달성을 목표로 했다.

　온라인과 오프라인으로 광고를 쏟아냈고 고객들의 발길이 끊임없이 늘어났다. 본사에서는 매장의 영업 인력을 보충하기 위한 지원 인력을 파견했다.

매일같이 새로운 가격표, 홍보용 현수막, 배너들이 배송되었고, 이를 조립하고 붙이는 일이 일과가 되었다. 처음에는 엄청난 기세로 매출이 올랐다. 정직원들은 성과를 기뻐하는 한편 행사가 끝난 뒤의 일들을 걱정했다. 지원 나온 영업사원들의 사후 관리는 우리 몫이었기 때문이다.

행사 막바지가 되자 30억 원 목표에서 딱 5억 원이 모자랐다. 6~7억 매장에서 25억이라는 성과도 대단했지만, 지점장은 만족하지 않았다. 그는 진급에 눈이 먼 상태였다. 그래서 또다시 업자거래에 손을 댔다. 이미 파견 인력들의 계약서 관리만으로 엄청난 업무 부담이 예상되는 가운데 업자거래까지 더해진다면 100% 사고가 날 것이 분명해 보였다. 진원 팀장이 강하게 만류했으나 이완 지점장은 고집을 꺾지 않았다.

그는 결국 수단과 방법을 가리지 않고 30억 목표를 달성했다. 이완 지점장은 대표와 본사 인사팀에 깊은 인상을 남길 수 있었다. 그는 한동안 입가에 웃음을 감추지 못했다.

프로젝트가 끝나고 남은 후유증은 고스란히 정직원들이 떠맡아야 했다. 배송 문제부터 클레임 처리, 극심한 문제에 대한 보상 처리까지 진원 팀장과 민수 매니저, 그리고 나는 한 달을 꼬박 휴일 없이 일에 매진해야 했다. 그 와중에 예상했던 업자거래 건 문제까지 터지게 되면서 진원 팀장은 100만 원 가까운 돈을 사비로 물어내야 했다.

나는 배영 매니저의 문제부터 진원 팀장의 문제까지 남의 일처럼 여겨지지 않았다. 지점장은 매출이 곤궁해지면 또다시 업자거래 카드를 꺼내 들 것이다. 지금은 남의 일이겠지만 시간이 지나면 내게도 벌어질 일이다. 나는 결정해야 했다. 흙탕물을 무릅쓰고 끝까지 같이 가느냐, 여기까지 하느냐.

이직 제안

나의 일상은 퇴근 후에는 컴퓨터 게임에 몰두하는 것으로, 이것이 유일한 탈출구였다. 게임을 함께 즐기던 친구가 있었는데, 마케팅 회사 동기였다. 그는 최근 이직했고, 어느 날 게임을 하면서 나에게도 이직을 제안했다. 처음에는 별다른 생각이 없었다.

그 제안이 있고 한 달쯤 시간이 흘렀다. 나는 매장에서 지점장이 저질러 놓은 일들을 팀장과 함께 수습하고 있었다. 모든 영광은 이완 지점장의 것이었다. 우린 하나의 부속품이었다.

살아가는 게 힘들다는 생각을 많이 했다. 간판만 쫓아 살았던 삶이다. 남들에게 보여지는 모습이 중요했고 직장을 소개할 때 체면이 중요했다. 그것이 행복인 줄 알았다. 그런데 그 어디에도 행복은 없었다.

나는 문득 민기의 이야기가 궁금해졌다. 나는 아직 그의 눈이 기억난다. 그의 눈은 항상 꿈과 야망으로 반짝였다. 그는 어떻게 이직할지 모든 계획을 그려놓았던 친구였다. 그런데 돌연 스타트업 회사로 향한 이유가 궁금해졌다.

수화기 너머의 민기는 말했다. 목표한 회사를 위해 경력을 쌓아가는 중이었는데 연속되는 야근 속에서 무엇을 위해 살아가는지 모르게 되어버렸다고. 나는 물었다.

"그래서 지금 그 회사에서는 행복해?"

"응. 너무 행복해."

"그런데 왜 나한테 이런 제안을 하는 거야?"

"영업하면 형이 생각났어. 마케팅 회사 있을 때도 얼마나 열심히 하는 사람인지 봤었고."

그의 말에 이상한 기분이 들었다. 마케팅 회사에서의 내 모습은 엉망진창 구제 불능이었다고 생각했다. 그런데 그때의 실패가 다른 사람의 눈에는 달리 보인 것이다. 이처럼 인생에서 만나는 사람들에게 어떤 인상을 남길지는 한순간으로 정의될 수 없는 것이었다. 때로는 실패로 여겼던 순간들이 다른 누군가에게는 강렬한 인상을 남기며, 그로 인해 새로운 기회가 찾아올 수 있었다. 그래서 우리가 할 수 있는 것은 어느 순간에도 최선을 다하는 것이다.

떠나오는 길 시작하는 길

민기의 말을 듣는 순간 가슴이 뛰었다. 나도 직장에서 그가 느꼈던 충족감을 경험하고 싶었다. 꽤 오랜 시간 고민했고 새로운 도전을 결심했다. 나는 그렇게 퇴사를 결심하게 되었다. 진원 팀장에게 속마음을 이야기했다. 그는 몇 번이나 다시 생각해보라고 설득했지만 결국 나의 결정을 존중해주었다. 지점장에게 이야기하는 것은 마지막 순간까지 어려웠다.

도저히 얼굴을 보고 이야기할 용기가 안 나서 전화로 내 결정을 전달했다. 지점장의 반응은 의외로 덤덤했다.

"그러냐? 알았다."

그의 담백한 반응이 더욱 먹먹하게 느껴졌다. 이완 지점장은 누군가에게 있어서는 악한 사람일 수 있었겠으나 내게는 좋은 사람이었다. 매장에서 적응할 수 있는 데 가장 큰 도움을 준 사람이었고 그의 지원과 격려 덕에 나는 지금까지의 아픔과 상처를 씻고 자존감을 회복하게 된 셈이었다.

매장에서의 마지막 날은 평소와 다를 바 없었다. 마치 내일 또 볼 사람들처럼 인사했다. 직장 생활하며 많은 사람과 만나고 이별하는 순간들을 경험했지만, 떠나오는 것은 떠나보내는 것보다 항상 더 가슴 아픈 일이다. 떠나보내는 이는 한 사람을 보내지만, 떠나오는 이는 그곳의 모든 이와 이별

해야 하기 때문이다. 이번에도 혼자 다짐해 본다. 다음에는 떠나보내는 사람이 되어보자고.

인생은 예측할 수 없는 수많은 만남과 이별로 이루어져 있다. 중요한 것은 그 순간순간에 우리가 어떤 선택을 하고, 어떻게 대응하는지다. 나의 이야기는 이제 새로운 회사에서 새로운 동료들과 함께 새로운 목표를 향해 나아가는 것으로 계속된다. 그렇게 퇴사란 이야기의 끝이 아닌 새로운 시작이기도 하다.

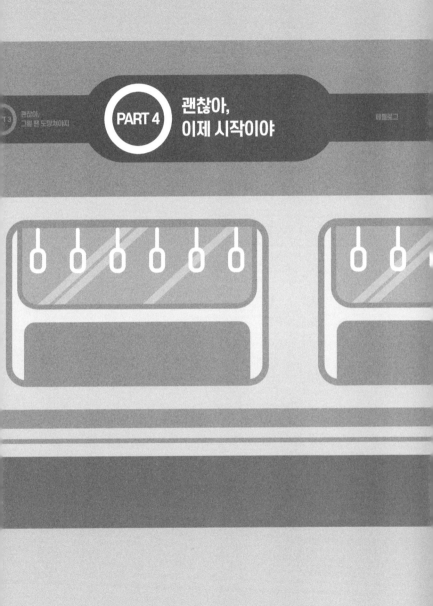

괜찮아,
이제 시작이야

①

누구보다 빨리 가고 싶었지!

꽉 찬 지하철에서 쏟아져 나오는 사람들. 한숨 소리, 고함 치는 소리, 기관사의 단호한 목소리가 들린다. "천천히 하차 하세요." 열차에서 내리는 사람들의 표정은 하나 같이 무표 정하다. 출구로 향하는 계단. 그곳을 가득 메운 인파 속에 몸 을 구겨 넣는다. 속을 걷는 것만으로 숨이 차는 기분이 들었 다. 그럴 때면 잠시 멈춰 서서 숨을 고른다.

강남역은 성공의 상징인 동시에 실패의 상징이다. 꿈을 안 고 서울로 올라왔을 때 처음 방문한 도시였다. 가전 매장을 그만두고 그토록 원하던 마케팅 회사로 이직에 성공했을 때 사무실도 강남이었다. 적응에 실패하고 방황하다 다시 찾은 일자리였던 의류 매장도 강남이었다. 거기에서조차 적응하 지 못했다. 그 뒤로는 다시는 돌아오지 못하리라 생각했는데 다시 강남역에 있는 회사로 돌아오게 되었다. 몇 번이나 레일 밖으로 밀려나고, 떨어졌는데 결국 다시 돌아온 것이다.

누구보다 빨리 달리고 싶었다. 내가 몸담은 사회는 성공의 잣대를 속도와 동일시하는 것처럼 보였기 때문이다. 그러나 여러 실패를 경험하며 나는 깨달았다. 빠르게 가는 것만이 정답이 아니며, 속도 자체가 중요한 것이 아니라는 사실을.

가전 매장에서 가장 명예롭게 여겨지는 명장 판매사원이 되고 싶었다. 마케팅 회사에서 획기적인 광고를 기획하고 싶었다. 의류 매장에서 은정 담당보다 인정받는 사람이 되고 싶었다. 다시 돌아온 가전 회사에서 돈을 많이 벌고 싶었다. 만약 성공에 대한 집착, 속도에 대한 열등감이 없었다면 어땠을지 생각해본다. 이미 지난 일에 대한 무의미한 상상이지만 덜 스트레스 받고, 조금 더 행복하고, 조금 더 오래 다닐 수 있지 않았을까.

이직과 적응에 실패하며, 자신을 스스로 되돌아보게 되었다. 나는 높은 직급과 직책을 향한 막연한 열망이 있었다. 그런데 더 빠르고 높이 나아가려 할 때마다 되려 꿈꾸던 목표가 멀어지는 것을 느꼈다. 하지만 잠시 멈춰 '왜'를 생각해보니, 그 꿈을 왜 꾸고 있었는지 그 까닭이 빠져 있었다. 나는 그저 달려온 관성에 의해 계속 달리고 있었다. 속도 경쟁은 우리에게 과도한 스트레스와 정신적 부담을 안긴다. 빠르다고 성공한 것이 아니며, 느리다고 실패한 것도 아니다. "이 속도로라면 저기까지 닿을 수 있지 않을까?"라는 생각이었지만, 우리는 영원히 달릴 수 없으며, 결국 지친다.

끝없는 달림은 끊임없는 스트레스와 정신적 부담을 안긴다. 여기서 자신을 구제하는 유일한 방법은 스스로가 자신을 구하는 것뿐이다. 삶에서 잠시 멈추어 호흡을 가다듬고 주변을 둘러보는 것, 그것이 필요하다.

삶은 균형이다. 아직 우리 앞에는 길이 많이 남아 있다. 모험가는 끊임없이 여행하는 사람이 아니다. 가끔은 쉬어가며 여정을 이어가는 것이다. 인생이라는 긴 여정에서 빠름과 느림의 균형을 맞춰 건강하고 행복하게 걸어가자.

느리더라도 올바른 방향으로 가자

24년도 통계청 자료에 따르면 30대에서 비경제활동인구는 7.6%다. 92.4%는 어떤 형태든 경제활동을 하고 있다고 볼 수 있다. 이 중 자발적 비경제활동인구를 제외한다면 그 숫자는 더 줄어든다. 이 지표를 보면 30대가 되면 대다수 사람이 어떤 형태로든 일하게 된다고 해석할 수 있다.

그에 반해 취업 유경험 실업자는 전년 대비 4.7% 증가, 그중 구직 단념자는 전년 대비 1만 1천 명이 증가하고 있다. 취업하고도 직업을 잃고, 아예 직업을 가지길 거부하는 사람이 생기고 있다.

과거의 나는 일에 목표를 뒀다. 남들보다 빨리 일을 시작하고, 인정받고 승진하는 데 의의를 뒀다. 하지만 그건 아무 의미가 없다. 원치 않아도 나이를 먹듯, 우리는 어떤 형태로든 일을 할 것이며, 쌓인 연차에 따라 승진도 할 것이다.

이제는 '자신'에게 집중해야 할 때다. 내가 어떤 일을 해야 지속할 수 있는지가 중요하다. 지치지 않고 걸어갈 수 있는 올바른 방향을 모색하는 일 말이다.

아직도 기억나는 한 장면이 있다. 내가 있던 부대에서는 집안 사정, 개인 사정 등으로 학업을 제대로 끝내지 못한 채 입대한 친구들을 위한 제도가 있었다.

공부 잘하는 친구들과 1:1 과외 시간을 마련해서 검정고시나 수능을 준비할 수 있게 해줬다. 선생님 역할을 맡은 친구들은 이 프로그램에 지원만 해도 휴가 포상을 주기 때문에 큰 노력을 기울이진 않았다.

그런데 유독 한 녀석만 달랐다. 피부가 하얗고, 안경을 쓴 샌님 같은 얼굴의 친구였다. 그는 밤늦게까지 연등을 신청하면서까지 자신이 가르치는 학생에게 열심이었다.

"왜 그렇게 열심히 하는 거야?"

내가 묻자 녀석은 쑥스럽다는 듯 머리를 긁으며 말했다.

"가르치면서 저도 공부하고 있는 거예요. 사실 전역하고 나서 하고 싶은 일이 생겼거든요."

그는 명문대를 다니고 있지만, 다시 수능을 준비하겠다고 했다. 그는 군대에 와서 자신을 스스로 되돌아보며 과연 성적에 맞춰 학교 간판만 보고 학과를 정해서 진학하는 게 의미가 있는지 생각해봤다고 했다.

그래서 그는 얼마나 걸릴지 모르겠지만 다시 수능을 준비해서 의사가 되고 싶다고 했다. 그게 자신이 꿈꾸던 진짜 모습이라고 이야기했다.

멋있게 보이면서 한편으로 안쓰러워 보였다. 어느 세월에 수능을 준비해서 언제 학교를 졸업하고 의사가 될지 까마득해 보였다.

그런데 최근에 부대에서 친하게 지내던 친구 하나가 결혼을 하게 되면서 우연히 그 친구의 소식을 듣게 되었다. 무려 10년 만에 들린 소식이었다. 그는 이제 의사가 되어 열심히 환자를 진료하고 있다는 소식이었다.

나는 그 소식을 듣자 사람 좋은 미소를 지으며 웃어 보이던 녀석의 얼굴이 떠올랐다. 내가 지금에서야 몸으로 부딪쳐 깨달은 진실을 그는 행동으로 증명해 보였다. 그 모습을 보고 생각했다.

언제 도전해도 늦지 않은 나이.

그런 나이는 없다.

지금은 이 정도는 해야 하는 나이.

그런 나이도 없다.

반드시 기필코 해야 할 일이 있다면 지금이라도 시작하는게 옳다. 결국 속도보다는 방향이 중요하니까.

에필로그

다섯 번의 이직으로 안착하게 된 회사. 많은 회사에 다니며 다져진 경험으로 행복하기만 한 회사 생활하리라 기대하겠지만 어디 사람 사는 곳이 만만한 곳이 어디 있겠는가. 똑같이 일에 치이고, 사람에 힘들어하면서 살아가고 있다. 때때로 회사가 싫고, 모든 걸 그만두고 유유자적한 산골에서 은퇴한 삶을 그려 보지만 용기가 없어 오늘도 출근하고 있다. 그렇게 많은 퇴사를 경험했지만 나는 다른 직장인과 다를 바 없는 모습인 셈이다.

하지만 변화된 것이 있다면 마음가짐이다. 나는 예전보다 조금 더 자신을 사랑하고, 보듬어주기로 했다.

왜 그렇게 힘들었나 돌이켜 생각해보면 나는 도망치듯 퇴사한 나를 실패했다고 규정했다. 모든 게 환경 탓이고, 나는 잘못한 게 없다며 합리화하던 나 자신을 혐오하고 있었다.

그 순간에는 실패의 순간 하나하나가 느껴졌다. 넘어진 고통에 뼈가 부러지고, 내장이 뒤틀릴 것 같은 고통을 느끼며, 다시는 제대로 일어날 수 없을 것 같은 두려움에 빠졌던 시기였다.

하지만 긴 삶의 여정에서 돌아보니 실패도 지나간 하나의 과정일 뿐이었다. 그 또한 성장하고 배우고 변화하는 과정이라는 사실을 알게 되었다.

그것을 깨닫고, 과거의 나를 용서할 수 있게 되자 마음속 깊은 곳에서 뭐든 다시 시작할 수 있다는 자유로운 기분을 느꼈다. 아침 출근이 무척 괴롭지만, 맛있는 점심을 먹고 동료들과 이야기를 나누며 커피 한잔할 때 생각했다. '오늘도 퇴사하지 않아서 다행이다.'

앞으로는 조금 더 견뎌볼 셈이다. 아픔을 두려워하지 않고 걸어가 볼 생각이다. 고통 없는 성장은 없기에, 저절로 완성되는 미래는 없기에. 그리고 누가 뭐래도 퇴사하는 순간은 내가 정할 수 있기에.

Fin

오늘부로 퇴사합니다